Diogenes Taschenbuch 20843

de
te
be

Friedrich Dürrenmatt

Werkausgabe in dreißig Bänden

Herausgegeben in Zusammenarbeit mit dem Autor

Band 13

Friedrich Dürrenmatt

Goethes Urfaust

ergänzt durch das Buch
von Doktor Faustus
aus dem Jahre
1589

Büchners Woyzeck

Zürcher Fassung

Bearbeitungen von
Friedrich Dürrenmatt

Diogenes

Umschlag: Illustration zu ›Faust 1‹, Federzeichnung von Friedrich Dürrenmatt.
Urfaust und *Woyzeck* in der Fassung von Friedrich Dürrenmatt lagen bisher nur als Bühnenmanuskripte vor.
Aufführungs-, Film-, Funk- und TV-Rechte:
Weltvertrieb: Reiss AG Theaterverlag, Sprecherstraße 8, CH-8032 Zürich.

Vertrieb für Deutschland: Felix Bloch Erben, Verlag für Bühne, Film, Funk, Hardenbergstraße 6, D-W-1000 Berlin 12.
Die vorliegenden Bearbeitungen entstanden 1970–1972, als Friedrich Dürrenmatt die betreffenden Stücke am Schauspielhaus Zürich inszenierte. Die Regieanweisungen wurden vom Regieassistenten Andreas Wirth formuliert. *Urfaust* und *Woyzeck* erschienen in Buchform erstmals 1980 im Diogenes Verlag.
Die *Notizen zum ›Urfaust‹* erschienen 1972 im Band ›Dramaturgisches und Kritisches‹ im Verlag der Arche, Zürich.
Die Texte wurden für diese Ausgabe durchgesehen und korrigiert. Redaktion: Franz Cavigelli.

40/91/29/4
ISBN 3 257 20843 X

Inhalt

Goethes Urfaust 9

Büchners Woyzeck 131

Anhang

Anmerkungen 193

Notizen zum ›Urfaust‹ 195

Notiz zum ›Woyzeck‹ 197

Goethes

Urfaust

ergänzt durch das Buch
von Doktor Faustus
aus dem Jahre
1589

Personen

Faust
Mephistopheles

Erdgeist Wagner Frosch Böser Geist	} wurden in der Zürcher Aufführung von einem Schauspieler gespielt

Margarete
Marthe
Valentin
Schüler
Studenten:
  Kardinal
  Bischof
  Abt
  Mönch
  Alten
  Brander
  Siebel
  Fuchs

Die Bearbeitung entstand 1970
Uraufführung im Schauspielhaus Zürich
am 22. Oktober 1970

Auf der Bühne ein rohes Holzgerüst, auf halber Höhe eine Stufe umlaufend. Vorne links eine Treppe. Hinten rechts und links führen Schrägen auf das Podium. Die Spielfläche fällt nach vorne leicht ab, sie hat die Form einer Ellipse (ca. 6 m auf 5 m). Die notwendigen Möbel und Requisiten stehen sichtbar auf der Bühne hinter dem Gerüst. Der Umbau geschieht durch die Studenten bei offener Szene. Der Vorhang, zinnoberrot, fällt zweimal und sehr rasch: vor der Pause, nach Szene 13, und am Schluß. In dieser Fassung hat das Stück 24 Szenen.

Wenn der Vorhang aufgeht, ist die Spielfläche auf dem Gerüst leer. Die acht Studenten sitzen hinter dem Gerüst auf zwei Bänken. Sie erheben sich und bauen aus den Elementen, die hinter dem Podium stehen, Fausts Studierstube auf. Links der Seziertisch, der mit Mephistopheles als Leiche von links hinaufgetragen wird. Sein Gesicht ist unter einem Handtuch verborgen. Unter dem Tisch ein Eimer und ein Seziergias mit Spiritus. Am Tischrand eine Sezierschere. Rechts Fausts Schreibpult, ein einfacher kleiner Tisch; davor ein Stuhl. Auf dem Tisch ein Tintenfaß mit Gänsefeder und ein Buch. Unter dem Buch der Pakt auf Pergament. Zwischen Seziertisch und Pult eine Schultafel, die Schreibfläche drehbar. Links an der Tafel hängt eine Sezierschürze. Nach dem Aufbau kehren die Studenten an ihre Plätze zurück.

1. Szene

Mephistopheles erinnert sich

Mephistopheles, verkleidet als Kadaver, erhebt sich vom Seziertisch. Er reibt die Beine gegeneinander, streckt sich, setzt sich auf und wirft das Handtuch zur Seite.

MEPHISTOPHELES Doktor Faust ist eines Bauern Sohn gewest, zu Rod bei Jena, Weimarischer Herrschaft zuständig, geboren im Jahr 1491. *Er steht auf, geht nach vorne.* Seine Eltern waren gottselige und christliche Leute und sein Vetter, der ein wohlvermögender Bürger zu Wittenberg war, hat Doktor Faust aufgezogen und gehalten wie sein Kind, ließ ihn auch in die Schule gehen und Theologie studieren. *Er setzt sich vorne an den Rand des Gerüsts.* Er hatte einen gar gelernigen und geschwinden Kopf, und ist in seinem Examen so weit gekommen, daß er sechzehn Magistern im Verhöre, Fragen und Geschicklichkeit obgelegen ist, also daß er bald hernach Doktor Theologiae geworden ist. Daneben aber hat er auch einen unsinnigen und hoffärtigen Kopf gehabt, wie man ihn denn allezeit den Spekulierer genannt hat, weil er Tag und Nacht studierte und sich alsbald keinen Theologen mehr nennen lassen wollte, sondern ein – *Er steht auf, geht zum Tisch rechts.* – Weltmensch ward, sich Doktor der Medizin, Astrolog und – *Er hebt das Buch hoch.* – Mathematikus nannte, mit fahrenden Schülern, Vaganten, Tataren und Wahrsagern verkehrte und die Heilige Schrift hinter die Tür und unter die Bank gelegt und ruch- und gottlos gelebt hat.

Er schüttelt das Kissen, setzt sich auf den Seziertisch, legt sich nieder, indem er die linke Hand nach unten hängen läßt; nickt dem Publikum zu, bevor er sich das Handtuch über das Gesicht zieht und reglos liegen bleibt.

2. Szene

Fausts Monolog und Auftritt Wagners

Mephistopheles als Leiche auf dem Seziertisch. Faust tritt von links hinten auf, rührt in seinem Eßnapf, ißt.

FAUST

Hab nun ach die Philosophey
Medizin und Juristerey,

Er bleibt rechts am Kopfende des Seziertisches stehen.

Und leider auch die Theologie
Durchaus studirt mit heißer Müh
Da steh ich nun ich armer Thor
Und bin so klug als wie zuvor.
Heiße Docktor und Professor gar,
Und ziehe schon an die zehen Jahr
Herauf herab und queer und krum
Meine Schüler an der Nas herum
Und seh daß wir nichts wissen können,

Er geht zum Tisch.

Das will mir schier das Herz verbrennen.
Zwar bin ich gescheuter als alle die Laffen
Docktors, Professors, Schreiber und Pfaffen,
Mich plagen keine Skrupel noch Zweifel
Fürcht mich weder vor Höll noch Teufel.
Dafür ist mir auch alle Freud entrissen

Er setzt sich an den Tisch.

Bild mir nicht ein was rechts zu wissen
Bild mir nicht ein ich könnt was lehren
Die Menschen zu bessern und zu bekehren,
Auch hab ich weder Gut noch Geld
Noch Ehr und Herrlichkeit der Welt.
Es mögt kein Hund so länger leben

Er rührt im Brei.

Drum hab ich mich der Magie ergeben
Ob mir durch Geistes Krafft und Mund
Nicht manch Geheimniß werde kund.
Daß ich nicht mehr mit saurem Schweis
Rede von dem was ich nicht weis.
Daß ich erkenne was die Welt
Im innersten zusammenhält
Schau alle Würkungskrafft und Saamen
Und thu nicht mehr in Worten kramen.

O sähst du voller Mondenschein
Zum letzten mal auf meine Pein
Den ich so manche Mitternacht
An diesem Pult heran gewacht!
Dann über Bücher und Papier
Trübseelger Freund erschienst du mir.
Ach könnt ich doch auf Berges Höhn
In deinem lieben Lichte gehn
Um Bergeshöhl mit Geistern schweben
Auf Wiesen in deinem Dämmer weben
Von all dem Wissensqualm entladen
In deinem Thau gesund mich baden.

Er steht auf, geht hinter die Leiche.

Weh! steck ich in dem Kerker noch
Verfluchtes dumpfes Mauerloch

Wo selbst das liebe Himmels Licht
Trüb durch gemahlte Scheiben bricht.
Mit Gläsern Büchsen rings bestellt
Mit Instrumenten vollgepropft
Urväter Hausrath drein gestopft,

Er nimmt die Schürze von der Tafel und bindet sie sich um.

Das ist deine Welt, das heißt eine Welt!
Und fragst du noch warum dein Herz
Sich inn in deinem Busen klemmt?
Warum ein unerklärter Schmerz
Dir alle Lebensregung hemmt.
Statt all der lebenden Natur
Da Gott die Menschen schuf hinein
Umgiebt in Rauch und Moder nur
Dich Tiergeripp und Todtenbein.

Er hebt das Bein der Leiche an und läßt es wieder fallen.

Flieh! Auf! hinaus ins weite Land!

Er kommt hinter dem Seziertisch hervor und geht zum Pult.

Und dies geheimnißvolle Buch
Von Nostradamus eigner Hand
Ist dir das nicht Geleit genug?

Mephistopheles erhebt sich vom Seziertisch, schreibt auf die Tafel die Formel $\frac{666}{0}$ *und legt sich wieder.*

Erkennest dann der Sterne Lauf
Und wenn Natur dich unterweist
Dann geht die Seelenkrafft dir auf
Wie spricht ein Geist zum andern Geist.
Umsonst daß trocknes Sinnen hier
Die heilgen Zeichen dir erklärt
Ihr schwebt ihr Geister neben mir

Antwortet mir wenn ihr mich hört.
Er erblickt das Zeichen und geht auf die Tafel zu.
Ha welche Wonne fließt in diesem Blick
Auf einmal mir durch alle meine Sinnen.
Ich fühle iunges heilges Lebensglück,
Fühl neue Glut durch Nerv und Adern rinnen.
War es ein Gott der diese Zeichen schrieb?
Die all das innre Toben stillen
Das arme Herz mit Freude füllen
Und mit geheimnißvollen Trieb
Die Kräffte der Natur enthüllen
Bin ich ein Gott? mir wird so licht!
Er löst die Formel und schreibt: $= \infty$.
Ich schau in diesen reinen Zügen
Die würckende Natur vor meiner Seele liegen.
Er setzt sich.
Jetzt erst erkenn ich was der Weise spricht.
Mephistopheles erhebt sich erneut und schreibt auf die andere Seite der Tafel die Formel $e=mc^2$.
»Die Geister Welt ist nicht verschlossen
Dein Sinn ist zu, dein Herz ist todt
Auf bade Schüler unverdrossen
Die irrdsche Brust im Morgenroth.«
Wie alles sich zum Ganzen webt
Eins in dem andern würckt und lebt
Wie Himmelskräffte auf und nieder steigen
Und sich die goldnen Eimer reichen!
Mit Seegenduftenden Schwingen
Vom Himmel durch die Erde dringen
Harmonisch all das all durchdringen.
Welch Schauspiel! aber ach ein Schauspiel nur
Er geht nach vorne, vor seinen Tisch.

Wo faß ich dich unendliche Natur!
Euch Brüste wo! Ihr Quellen alles Lebens
An denen Himmel und Erde hängt
Dahin die welke Brust sich drängt.
Ihr quellt, ihr tränkt, und schmacht ich so
vergebens!

Er dreht sich um und erblickt das neue Zeichen.

Wie anders würckt dies Zeichen auf mich ein!
Du Geist der Erde bist mir näher
Schon fühl ich meine Kräffte höher
Schon glüh ich wie vom neuen Wein
Ich fühle Muth mich in die Welt zu wagen
All Erden weh und all ihr Glück zu tragen,
Mit Stürmen mich herum zu schlagen
Und in des Schiffbruchs Knirschen nicht zu zagen.

Er geht langsam zum Seziertisch.

Es wölkt sich über mir.
Der Mond verbirgt sein Licht!
Die Lampe schwindet!
Es dampft! Es zucken rothe Stralen
Mir um das Haar. Es weht
Ein Schauer vom Gewölb herab
Und faß mich an.
Ich fühls du schwebst um mich
Erflehter Geist!
Enthülle dich

Er steht vor dem Seziertisch am Kopfende.

Ich fühle ganz mein Herz dir hingegeben!
Du mußt! Du mußt! Und kostet es mein Leben.

STIMME DES GEISTES Wer ruft mir!

FAUST *sinkt zusammen.* Schröckliches Gesicht!

STIMME DES GEISTES

Du hast mich mächtig angezogen
An meiner Sphäre lang gesogen,
Und nun –

FAUST Weh ich ertrag dich nicht.

STIMME DES GEISTES

Du flehst erathmend mich zu schauen
Meine Stimme zu hören mein Antliz zu sehn,
Mich neigt dein mächtig Seelen Flehn
Da bin ich! Welch erbärmlich Grauen
Faßt Übermenschen dich! Wo ist der Seele Ruf?
Wo ist die Brust die eine Welt in sich erschuf,
Und trug, und heegte, und mit Freude Beben
Erschwoll sich uns den Geistern gleich zu heben
Wo bist du Faust des Stimme mir erklang?
Der sich an mich mit allen Kräfften drang?
Du! der, den kaum mein Hauch umwittert
In allen Lebenstiefen zittert,
Ein furchtsam weggekrümmter Wurm.

FAUST *erhebt sich halb*

Soll ich dir Flammenbildung weichen!
Ich bins, bin Faust; bin deines gleichen.

STIMME DES GEISTES

Du gleichst dem Geist den du begreiffst,
Nicht mir!

FAUST *zusammenstürzend* Nicht dir!

Wem denn?
Ich Ebenbild der Gottheit!
Und nicht einmal dir!

Es klopft.

O Todt! ich kenns das ist mein Famulus.
Nun werd ich tiefer tief zu nichte,

Daß diese Fülle der Gesichte
Der trockne Schwärmer stören muß.

Wagner tritt von links hinten auf, entdeckt Faust hinter dem Seziertisch auf dem Boden sitzend.

WAGNER
Verzeiht! ich hört euch deklamiren!
Ihr last gewiß ein griechisch Trauerspiel
In dieser Kunst mögt ich was profitiren
Denn heutzutage würckt das viel.
Ich hab es öffters rühmen hören,
Ein Commödiant könnt einen Pfarrer lehren.

FAUST
Ja wenn der Pfarrer ein Commödiant ist.
Er steht auf, geht links um den Seziertisch herum, zieht der Leiche das Tuch vom Gesicht.
Wie das denn wohl zu Zeiten kommen mag.

WAGNER
Ach wenn man in sein Museum gebannt ist,
Und sieht die Welt kaum einen Feyertag.
Man weis nicht eigentlich wie sie zu guten Dingen
Durch Überredung hinzubringen.

Faust säubert sich die Hände am Tuch, nimmt das Sezierglas vom Boden auf, stellt es der Leiche zwischen die Beine und beginnt mit der Sezierschere zu sezieren.

FAUST
Wenn ihrs nicht fühlt ihr werdets nicht erjagen.
Wenns euch nicht aus der Seele dringt
Und mit urkräftigem Behagen
Die Herzen aller Hörer zwingt.

Sizzt ihr einweil und leimt zusammen,
Braut ein Ragout von andrer Schmaus,
Und blast die kümmerlichen Flammen
Aus eurem Aschenhäufgen aus
Bewundrung von Kindern und Affen
Wenn euch darnach der Gaumen steht!

Er entnimmt der Leiche ein Gewebeteil und legt es in das Glas.

Doch werdet ihr nie Herz zu Herzen schaffen,
Wenn es euch nicht von Herzen geht.

WAGNER

Allein der Vortrag nüzt dem Redner viel.

FAUST

Was Vortrag! der ist gut im Puppenspiel
Mein Herr Magister hab er Krafft!

Er übergibt Wagner, der hinter dem Stuhl stehengeblieben ist, das Sezierglas und geht wieder hinter den Seziertisch.

Sey er kein Schellenlauter Thor!
Und Freundschaft, Liebe, Brüderschafft,
Trägt die sich nicht von selber vor.
Und wenns euch Ernst ist was zu sagen
Ists nötig Worten nachzujagen.

Wagner setzt sich, das Glas in der Hand.

WAGNER

Ach Gott die Kunst ist lang
Und kurz ist unser Leben!
Mir wird bey meinem kritischen Bestreben
Doch offt um Kopf und Busen bang
Wie schwer sind nicht die Mittel zu erwerben,

Durch die man zu den Quellen steigt,
Und eh man nur den halben Weg erreicht,
Muß wohl ein armer Teufel sterben.

FAUST

Das Pergament ist das der heilge Bronnen,
Woraus ein Trunk den Durst auf ewig stillt.
Erquickung hast du nicht gewonnen
Wenn die dir nicht aus eigner Seele quillt.

Er bringt Wagner mit der Sezierschere ein Stück Gedärm und läßt es in das Glas fallen.

WAGNER

Verzeiht es ist ein gros Ergözzen
Sich in den Geist der Zeiten zu versezzen.
Zu schauen wie vor uns ein weiser Mann gedacht,
Und wie wirs dann zuletzt so herrlich weit gebracht.

FAUST

O ia bis an die Sterne weit.

Er geht hinter den Seziertisch.

Mein Freund die Zeiten der Vergangenheit,
Sind uns ein Buch mit sieben Siegeln.
Was ihr den Geist der Zeiten heißt
Das ist im Grund der Herren eigner Geist,
In dem die Zeiten sich bespiegeln.
Da ists denn warrlich offt ein Jammer
Man läufft euch bey dem ersten Blick davon.
Ein Kehrichtfaß und eine Rumpelkammer,
Und höchstens eine Haupt und Staats aktion.
Mit trefflichen pragmatischen Maximen,
Wie sie den Puppen wohl im Munde ziemen.

WAGNER

Allein die Welt! des Menschen Herz und Geist!
Mögt ieglicher doch was davon erkennen.

Faust wischt sich die Hände am Tuch ab und geht auf Wagner zu.

FAUST

Ja was man so erkennen heißt.
Wer darf das Kind beym rechten Nahmen nennen?
Die wenigen die was davon erkannt
Die Thörig gnug ihr volles Herz nicht wahrten.
Dem Pöbel ihr Gefühl ihr Schauen offenbaarten
Hat man von ie gekreuzigt und verbrannt.
Ich bitt euch Freund es ist tief in der Nacht
Wir müßen diesmal unterbrechen.

Wagner übergibt Faust das Sezierglas.

WAGNER

Ich hätte gern bis morgen früh gewacht,
Um so gelehrt mit euch mich zu besprechen.

Wagner nach hinten links ab; Faust wendet sich wieder der Leiche zu.

FAUST

Wie nur dem Kopf nicht alle Hoffnung schwindet,
Der immer fort an schaalem Zeuge klebt,
Mit gierger Hand nach Schätzen gräbt,
Und froh ist wenn er Regenwürmer findet.

Mephistopheles hebt seinen Oberkörper und schaut zu, wie Faust an ihm hantiert. Faust drückt ihn beiläufig zurück. Mephistopheles setzt sich mit einem Ruck auf, Faust tritt erstaunt zurück.

MEPHISTOPHELES *sich vorstellend* Mephistopheles.
FAUST *ergreift die entgegengestreckte Hand* Faust.

3. Szene

Der Pakt

Mephistopheles erhebt sich als Leiche vom Seziertisch und geleitet Faust zum Schreibpult. Faust setzt sich.

MEPHISTOPHELES *hinter Fausts Stuhl* Wie also erzählt worden, stand Doktor Fausts Datum dahin, das zu lieben, was nicht zu lieben war, und er richtete aus großer Verwegung und Vermessenheit dem Teufel seine briefliche Urkund und Bekenntnis auf, die nach seinem Abschiede in seiner Behausung gefunden worden ist.

Er tritt hinter den Tisch, zieht unter dem Buch den Pakt hervor und übergibt Faust das Pergament.

FAUST *liest* Ich Johannes Faust, Doktor, bekenne, mit meiner eigenen Hand öffentlich zur Bestätigung und Kraft dieses Briefes: Nachdem ich mir vorgenommen, die Elemente zu spekulieren, und aus den Gaben, die mir von oben herab bescheret und gnädig mitgeteilt worden, solche Geschicklichkeit in meinem Kopfe nicht befinde und solches von den Menschen nicht erlernen mag, so habe ich gegenwärtigem gesandten Geist, einem Diener des höllischen Fürsten, mich untergeben. Auch denselbigen mich solches zu berichten und zu lehren mir erwählt, der mir auch versprochen, mir in allem untertänig und gehorsam zu sein und mir zu geben, was dem Menschen zukommt: Reichtum und Lust des Leibes. Dagegen aber ich ihm hinwider verspreche, daß er, so vierundzwanzig Jahre von dato dieses Briefs an herum und vorüber gelaufen, mit mir nach seiner Art und Weise seines Gefallens zu schalten, walten, regieren, führen gut Macht haben soll, mit allem, es sei Leib, Seel, Fleisch, Blut und Gut, und das in seine Ewigkeit. Hierauf absage ich allen denen so da leben, allem himmlischen Heer und allen Menschen, und das muß sein.

Zu festem Urkund und wahrer Bekräftigung hab ich diesen Rezeß mit eigener Hand unterschrieben und mit meinem hierfür gedruckten eigenen Blut, meines Sinns, Kopfs, Gedanken und Willen verknüpft, versiegelt und bezeuget.

Er sticht sich mit der Feder in die Ader, drückt Blut heraus, unterschreibt und übergibt das Pergament Mephistopheles.

Subscriptio, Johann Faust, der Erfahrene der Elementen und der Geistlichen Doktor.

MEPHISTOPHELES Subscriptio, Mephistopheles, des Lucifer Diener.

Faust erhebt sich. Beide stehen sich gegenüber und besiegeln den Pakt mit Handschlag. Darauf ein Donnerschlag. Faust geht nach rechts hinten ab. Zwei Studenten tragen von links eine Leiche auf den Seziertisch, zwei andere nehmen von hinten die Tafel vom Gerüst herunter. Mephistopheles kommt nach vorne.

4. Szene

Mephistopheles verkleidet sich in einen Professor

MEPHISTOPHELES Als Doktor Faust solchen Greuel dem bösen Geist mit seinem eigenen Blut unterzeichnet, ist gewiß, daß auch Gott und alles himmlische Heer von ihm gewichen. Damit hat er nun sein Tun gerichtet nicht wie ein rechter, gottseliger Hausvater, sondern wie der Teufel. Es gelüstete ihn, die Hölle und das Paradies kennenzulernen, sowie den Mond und die fürnehmsten Länder und Königreiche der Erde.

Die Studenten stehen auf, stellen sich als Zuschauer hinter das Gerüst. Einer reicht Mephistopheles einen Mantel. Mephistopheles legt den Mantel um und setzt eine gewaltige Brille auf.

MEPHISTOPHELES Während ihm der böse Geist solche Reisen ermöglichte, vertrat der den Doktor Faust, in dessen Gestalt, damit niemand auf den Pakt komme, den die beiden miteinander geschlossen.

Er setzt sich auf Fausts Stuhl und beginnt im Buch zu studieren, sobald er den Schüler kommen hört.

5. Szene

Mephistopheles und der Schüler

Der Schüler kommt von hinten links am Seziertisch vorbei. Mephistopheles kehrt ihm den Rücken zu.

SCHÜLER

Ich bin allhier erst kurze Zeit,
Und komme voll Ergebenheit
Einen Mann zu sprechen und zu kennen
Den alle wir mit Ehrfurcht nennen.

MEPHISTOPHELES

Eure Höflichkeit erfreut mich sehr,
Ihr seht einen Mann wie andre mehr.
Habt ihr euch hier schon umgethan.

SCHÜLER

Ich bitt euch nehmt euch meiner an.
Ich komm mit allem gutem Muth,
Eim leidlich Geld und frischem Blut.
Meine Mutter wollt mich kaum entfernen,
Mögte gern was rechts hier außen lernen.

MEPHISTOPHELES

Da seyd ihr eben recht am Ort.

SCHÜLER

Aufrichtig! Mögt schon wieder fort!
Sieht all so trocken ringsum aus
Als säs Heishunger in iedem Haus.

Mephistopheles geht zum Schüler und nimmt ihm seinen Geldbeutel ab.

MEPHISTOPHELES

Bitt euch! dran euch nicht weiter kehrt,
Hier alles sich vom Studenten nährt.

Er setzt sich wieder.

Doch erst, wo werdet ihr logiren?
Das ist ein Hauptstück!

SCHÜLER

Wolltet mich führen
Bin warrlich ganz ein irres Lamm.
Mögt gern das gute so allzusamm,
Mögt gern das böse mir all vom Leib,
Und Freyheit, auch wohl Zeitvertreib,
Mögt auch dabei studiren tief,
Daß mirs über Kopf und Ohren lief!
O Herr helft daß meiner Seel
Am guten Wesen nimmer fehl.

MEPHISTOPHELES *kratzt sich*

Kein Logie habt ihr? wie ihr sagt.

SCHÜLER

Hab noch nicht mal darnach gefragt.
Mein Wirthshaus nährt mich leidlich gut,
Feines Mägdlein drinn aufwarten thut.

MEPHISTOPHELES

Behüte Gott das führt euch weit!
Caffee und Billard! Weh dem Spiel!
Die Mägdlein ach sie geilen viel!
Vertripplistreichelt eure Zeit.
Dagegen sehn wirs leidlich gern,
Daß alle Studiosi nah und fern

Uns wenigstens einmal die Wochen
Kommen untern Absatz gekrochen.
Will einer an unserm Speichel sich lezzen
Den thun wir zu unsrer Rechten sezzen.

SCHÜLER

Mir wird ganz greulich vorm Gesicht!

MEPHISTOPHELES

Das schadt der guten Sache nicht.
Dann fordersamst mit dem Logie
Wüßt ich euch wohl nichts bessers hie.
Als geht zu Frau Sprizbierlein morgen
Weis Studiosos zu versorgen.
Hats Haus von oben bis unten voll,
Und versteht weidlich was sie soll.
Zwar Noes Arche war saubrer gefacht.
Doch ists einmal so hergebracht.
Ihr zahlt was andre vor euch zahlten
Die ihren Nahm aufs – Haus mahlten.

SCHÜLER

Wird mir fast so eng ums Herz herum
Als zu Haus im Collegium.

MEPHISTOPHELES

Euer Logie wär nun bestellt.
Nun euren Tisch fürs leidlich Geld!

SCHÜLER

Mich dünkt das gäb sich alle nach,
Wer erst von Geists Erweitrung sprach!

MEPHISTOPHELES

Mein Schatz! das wird euch wohl verziehn,
Kenn nicht den Geist der Akademien.
Der Mutter Tisch müßt ihr vergessen,
Klar Wasser geschiedne Butter fressen.

Statt Hopfen Keim und iung Gemüs,
Genießen mit Dank Brennesseln süs.
Sie thun einen Gänse stuhlgang treiben,
Aber eben drum nicht baß bekleiben,
Hammel und Kalb kühren ohne End,
Als wie unsres Herr Gotts Firmament.
Doch zahlend wird von euch ergänzt.
Was Schwärmerian vor euch geschwänzt.
Müßt euren Beutel wohl versorgen,
Besonders keinem Freunde borgen
Aber redlich zu allen Maalen,
Wirth, Schneider und Professor zahlen.

Er steckt den Geldbeutel ein.

SCHÜLER
Hochwürdger Herr das findet sich
Aber nun bitt ich leitet mich!

Der Schüler geht vor Mephistopheles auf die Knie. Mephistopheles füttert ihn aus Fausts Eßnapf.

SCHÜLER *kauend* Mir steht das Feld der Weisheit offen,
MEPHISTOPHELES Offen?!
SCHÜLER Wäre gern so grade zu geloffen,
MEPHISTOPHELES Geloffen?!
SCHÜLER Aber sieht drin so bunt und kraus
MEPHISTOPHELES Kraus?!?
SCHÜLER Auch seitwärts wüst und trocken aus.
MEPHISTOPHELES Aus!!
SCHÜLER *steht auf und will gehen*
Fern thät sichs mir vor die Sinne stellen,

Als wie ein Tempel voll frischer Quellen.

MEPHISTOPHELES *zieht ihn zurück*

Sagt mir erst eh ihr weiter geht,
Was wählt ihr für eine Fakultät?

Der Schüler kniet hinter dem Tisch, Mephistopheles gegenüber.

SCHÜLER

Soll zwar ein Mediziner werden,
Doch wünscht ich rings von aller Erden,
Von allem Himmel und all Natur,
So viel mein Geist vermögt zu fassen.

MEPHISTOPHELES

Ihr seyd da auf der rechten Spur,
Doch müßt ihr euch nicht zerstreuen lassen
Mein theurer Freund ich rath euch drum,
Zuerst Collegium Logikum
Da wird der Geist euch wohl dressirt,
In Spansche Stiefel eingeschnürt,
Daß er bedächtger so fort an
Hinschleiche die Gedanken Bahn.
Und nicht etwa die Kreuz und Queer
Irrlichtelire den Weeg daher.
Dann lehret man euch manchen Tag,
Daß was ihr sonst auf Einen Schlag
Getrieben wie Essen und trinken frey,
Eins! Zwey! Drey! dazu nöthig sey.
Zwar ists mit der Gedanken Fabrick
Wie mit einem Weber Meisterstück.
Wo ein Tritt tausend Fäden regt
Die Schifflein rüber hinüber schießen

Die Fäden ungesehen fließen.
Ein Schlag tausend Verbindungen schlägt.
Der Philosoph der tritt herein
Und beweist euch es müßt so seyn.

Er steht auf, kehrt dem Schüler das Buch zu und erklärt mit der Feder.

Das erst wär so, das zweyte so
Und drum das dritt und virte so.
Und wenn das erst und zweyt nicht wär
Das dritt und viert wär nimmermehr.

Er steckt dem Schüler die Feder ins Haar.

Das preisen die Schüler aller Orten
Sind aber keine Weber worden.

Er drückt den Kopf des Schülers ins Buch.

Wer will was lebigs erkennen und beschreiben,
Muß erst den Geist heraus er treiben,
Dann hat er die Theil in seiner Hand,
Fehlt leider nur das geistlich Band.
Encheiresin naturae nennts die Chimie!

Er nimmt das Tintenglas und trinkt daraus.

Bohrt sich selbst einen Esel und weis nicht wie.

SCHÜLER

Kann euch nicht eben ganz verstehen.

MEPHISTOPHELES

Das wird nächstens schon besser gehen.
Wenn ihr lernt alles reduziren,
Und gehörig klassifiziren.

SCHÜLER

Mir wird von allem dem so dumm
Als ging mir ein Mühlrad im Kopf herum.

Mephistopheles zieht den Schüler nach links hinüber zur Leiche.

MEPHISTOPHELES

Nachher vor allen andern Sachen
Müßt ihr euch an die Metaphisick machen,
Da seht daß ihr tiefsinnig faßt,
Was in des Menschen Hirn nicht paßt.
Für was drein geht und nicht drein geht,
Ein prächtig Wort zu Diensten steht.
Doch vorerst dieses halbe Jahr
Nehmt euch der besten Ordnung wahr.
Fünf Stunden nehmt ihr ieden Tag,
Seyd drinne mit dem Glockenschlag.
Habt euch zu Hause wohl preparirt,
Paragraphos wohl einstudirt.
Damit ihr nachher besser seht
Daß er nichts sagt, als was im Buche steht.

Er setzt sich.

Doch euch des Schreibens ia befleißt,
Als dicktirt euch der heilig Geist.

SCHÜLER

Verzeiht ich halt euch auf mit vielen Fragen
Allein ich muß euch noch bemühn.
Wollt ihr mir von der Medizin,
Nicht auch ein kräfftig Wörtgen sagen!
Drey Jahr ist eine kurze Zeit,
Und Gott das Feld ist gar zu weit.
Wenn man ein' Fingerzeig nur hat
Läßt sichs schon eher weiter fühlen.

MEPHISTOPHELES *vor sich*

Binn des Professors Tons nun satt,

Will wieder einmal den Teufel spielen.

Er winkt den Schüler heran und geht mit ihm Arm in Arm nach vorne. Sie setzen sich an den Rand des Gerüsts.

Der Geist der Medizin ist leicht zu fassen,
Ihr durchstudirt die gros und kleine Welt,
Um es am Ende gehn zu lassen
Wies Gott gefällt.
Vergebens daß ihr ringsum wissenschaftlich
schweift,
Ein ieder lernt nur was er lernen kann.
Doch der den Augenblick ergreift,
Das ist der rechte Mann.
Ihr seyd noch ziemlich wohl gebaut,
An Kühnheit wirds euch auch nicht
fehlen,
Und wenn ihr euch nur selbst vertraut
Vertrauen euch die andern Seelen.
Besonders lernt die Weiber führen:
Es ist ihr ewig Weh und Ach
So tausendfach,
Aus einem Punckte zu kuriren.
Und wenn ihr halbweeg ehrbaar thut,
Dann habt ihr sie all unterm Hut.
Ein Titel muß sie erst vertraulich machen,
Daß eure Kunst viel Künste übersteigt
Zum Willkomm tappt ihr dann nach allen
Siebensachen,
Um die ein andrer viele Jahre streicht.
Versteht das Pülslein wohl zu drücken,
Und fasset sie mit feurig schlauen Blicken,
Wohl um die schlanke Hüfte frey
Zu sehn wie fest geschnürt sie sey.

SCHÜLER

Das sieht schon besser aus als die Philosophie.

MEPHISTOPHELES

Grau, teurer Freund, ist alle Theorie
Und grün des Lebens goldner Baum.

Er geht zurück zum Tisch und setzt sich.

SCHÜLER

Ich schwör euch zu mir ists als wie ein Traum.
Dürft ich euch wohl ein andermal beschweren,
Von eurer Weisheit auf den Grund zu hören.

MEPHISTOPHELES

Was ich vermag, soll gern geschehn.

SCHÜLER *steht auf*

Ich kann ohnmöglich wieder gehn,
Ich muß euch noch mein Stammbuch überreichen,
Gönn eure Gunst mir dieses Zeichen.

Mephistopheles blättert im Stammbuch.

MEPHISTOPHELES Sehr wohl.

Er rülpst hinein.

SCHÜLER *liest*

Eritis sicut Deus scientes bonum et malum.

Der Schüler geht unter Verbeugungen rasch nach links hinten ab. Mephistopheles folgt ein Stück und schreit ihm nach.

MEPHISTOPHELES

Folg nur dem alten Spruch von meiner Muhme der Schlange,
Dir wird gewiß einmal bey deiner Gottähnlichkeit bange.

Die Studenten ducken sich hinter das Gerüst und tauchen nur langsam wieder auf.

6. Szene

Mephistopheles

Mephistopheles kommt nach vorne und steigt eine Stufe hinunter.

MEPHISTOPHELES Zurückgekehrt von seinem Reisen im zwölften Jahre seines Paktes mit dem Teufel, blieb Doktor Faust von nun an in Deutschland. Der Teufel gab ihm wöchentlich fünfundzwanzig Kronen, im Jahre tausenddreihundert Kronen, das war seine Jahresbestellung. Auch hatte er täglich gekochte Speise, denn er brauchte nur das Fenster aufzutun und einen Vogel, den er gerne wollte, zu nennen, so flog ihm der zum Fenster herein. Wenn er einen guten Wein haben wollte, brachte ihm der Geist solchen aus den Kellern, aus denen er ihn wünschte, wie er sich denn selbst einmal hören ließ, er täte seinem Herrn, dem Kurfürsten sowie dem Herzog von Bayern und dem Bischof von Salzburg viel Leids in den Kellern an.

Er geht nach links vorne ab.

7. Szene

Auerbachs Keller

Kardinal und Bischof treten von links hinten auf.

KARDINAL

Es war ein König in Tule

BISCHOF

Einen goldnen Becher er hett

Sie nehmen den Seziertisch hoch.

KARDINAL

Empfangen von seiner Bule

BISCHOF

Auf ihrem Todtesbett.

Beide gehen mit dem Tisch ab. Abt und Mönch kommen von links hinten.

ABT

Der Becher war ihm lieber
Tranck draus bei jedem Schmaus

MÖNCH

Die Augen gingen ihm über
so offt er tranck daraus

Abt nimmt den kleinen Tisch.

ABT

Und als er kam zu sterben

Mönch nimmt den Stuhl und den Eimer samt Sezierglas.

MÖNCH

Zählt er seine Städt und Reich

Abt, dann Mönch ab.
Fuchs ist unterdessen unter dem Gerüst nach vorne gekrochen und bleibt über der Stufe liegen.

FUCHS

Gönnt alles seinen Erben
Den Becher nicht zugleich.

Frosch geführt von Kardinal und Brander treten von links hinten auf, hinter ihnen Siebel mit Besen. Sie kommen neben dem Gerüst nach vorne.

FROSCH

Will keiner sauffen keiner lachen!
Ich werd euch lehren Gesichter machen!
Ihr seid ia heut wie nasses Stroh
Und brennt sonst immer lichterloh

BRANDER

Das liegt an dir, du bringst ia nichts herbei.

KARDINAL

Nicht eine Dummheit, keine Sauerei.

Frosch gießt ihnen Wein über den Kopf.

FROSCH Da hast du beides!
BRANDER Esel!
KARDINAL Schwein!
FROSCH Muß man mit euch nicht beides sein.
SIEBEL Drei Teufel!
FROSCH Ruht!

Sie bleiben stehen und setzen Frosch nieder.

BRANDER Und singt runda! und drein gesoffen, drein gekrischen.
SIEBEL Holla he! Auf! He da!

Alten rollt von rechts hinten ein Faß auf das Podium.

ALTEN Baumwolle her; der sprengt uns die Ohren.
SIEBEL Kann ich davor, daß das verflucht niedrige Gewölbe so wiederschallt?
FUCHS Schallt!
ALTEN Wir wollen einen Papst wählen!

Er kniet nieder vor Frosch.

ALLE Einen Papst, einen Papst, einen Papst!

Kardinal und Brander heben Frosch in die Höhe und tragen ihn zum Faß. Alten schwingt einen Krug als Weihrauchfaß. Siebel hält den Besen über Frosch und wedelt. Frosch singt (liturgisch).

FROSCH Das liebe heilge römsche Reich.
ALLE Amen!
FROSCH Wie hälts nur noch zusammen.
ALLE Amen!

Kardinal und Brander setzen Frosch auf das Faß.

BRANDER Pfui!
ALTEN Ein garstig Lied!
KARDINAL Ein politisch Lied!
BISCHOF Ein leidig Lied!

Alle außer Siebel, der weiter über Frosch den Besen schwingt, verlassen das Podium. Brander und Alten setzen sich vorne rechts an das Podium. Kardinal geht hinter das Gerüst, wo bereits Bischof, Abt und Mönch am Podium lehnen und trinken.

FUCHS Dankt Gott, daß euch das heilige
römische Reich nichts angeht.
FROSCH Schwing dich auf Frau Nachtigall
ALLE Amen.
FROSCH Grüß mein Liebchen zehntausendmal.
ALLE Amen.

Siebel schlägt Frosch mit dem Besen und kommt hinter dem Faß nach vorne.

SIEBEL Wetter und Todt! Grüß mein Liebchen! Eine Hammelmauspastete mit gestopften dürren Eichenblättern vom Blocksberg, durch einen geschundenen Hasen mit dem Hahnenkopf überschickt, und keinen

Gruß von der Nachtigall. Hatt sie mich nicht – Meinen Stutzbart und alle Appartinenzien hinter die Türe geworfen wie einen stumpfen Besen, und das um – Drei Teufel! Keinen Gruß sag ich als die Fenster eingeschmissen!

Er setzt sich links ans Podium.

FROSCH Ruh jetzt!
FUCHS Ruh jetzt!
FROSCH Ein neu Lied, Kameraden –
BRANDER, ALTEN, SIEBEL, FUCHS Ein neu Lied!
KARDINAL, BISCHOF, ABT, MÖNCH Ein alt Lied!
FROSCH Ein alt Lied, wenn ihr wollt! Aufgemerkt und den Rundreim mitgesungen. Frisch und hoch auf!
FUCHS Hoch auf!
FROSCH

Es war ein Ratt im Keller Nest,
Lebt nur von Fett und Butter,
Hätt sich ein Ränzlein angemäst
Als wie der Docktor Luther.

BRANDER Bauernmörder.
FROSCH

Die Köchin hätt ihr Gift gestellt
Da wards so eng ihr in der Welt,
Als hett sie Lieb im Leibe!

ALLE

Als hett sie Lieb im Leibe.

FUCHS

Als hett sie Lieb im Leibe.

FROSCH

Sie fuhr herum sie fuhr heraus

Und soff aus allen Pfüzzen,
Zernagt zerkrazt das ganze Haus,
Wollt nichts ihr Wüten nützen
Sie thät so manchen Ängstesprung
Bald hätt das arme Tier genung,
Als hett es Lieb im Leibe.

ALLE
Als hett es Lieb im Leibe.

FUCHS
Als hett es Lieb im Leibe.

FROSCH
Sie kam vor Angst am hellen Tag
Der Küche zugelaufen.
Fiel an den Heerd und zuckt und lag
Und thät erbärmlich schnauffen.
Da lachte die Vergifftrinn noch:
Ha sie pfeift auf dem letzten Loch
Als hett sie Lieb im Leibe.

ALLE
Als hett sie Lieb im Leibe.

FUCHS
Als hett sie Lieb im Leibe

SIEBEL Und eine hinlängliche Portion Rattenpulver der Köchin in die Suppe. Ich bin nit mitleidig, aber so eine Ratte könnte einen Stein erbarmen.

BRANDER Selbst Ratte!

KARDINAL Ich möchte den Schmeerbauch so am Heerde sein Seelgen ausblasen sehn!

Faust und Mephistopheles treten von links vorne auf.

MEPHISTOPHELES Nun schau wie sies hier treiben. Wenn

dirs gefällt, dergleichen Sozietät schaff ich dir Nacht nächtlich.

FAUST Guten Abend ihr Herren.

FROSCH Großen Dank!

ALLE Großen Dank!

SIEBEL Wer ist der Storcher da?

BRANDER Still! das ist was Vornehmes.

BISCHOF Inkognito.

ABT Sie haben so was Unzufriedenes Böses im Gesicht.

ALTEN Pah! Commödianten!

BISCHOF Wenns hochkommt.

MEPHISTOPHELES Den Teufel vermuten die Kerls nie so nah er ihnen immer ist.

FROSCH Ich will'en die Würmer schon aus der Nase ziehen – Ist der Weeg von Rippach herüber so schlimm, daß ihr so tief in die Nacht habt reisen müssen.

FAUST Wir kommen den Weg nit.

ALLE Oho!

FROSCH Ich meinte etwa ihr hättet bei dem berühmten Hans drüben zu Mittag gespeist.

FAUST Ich kenn ihn nicht.

ALLE Aha!

FROSCH O er ist von altem Geschlecht.

ALLE O ja!

FROSCH Hat eine weitläufige Familie.

MEPHISTOPHELES Ihr seid wohl seiner Vettern einer.

BRANDER Stecks ein! der versteht den Rummel.

FROSCH Bei Wurzen ists fatal,

ALLE Und wie!

FROSCH Da muß man so lang auf die Fähre manchmal warten.

FAUST So!

ALLE O je!

MÖNCH Seid ihr Freunde von einem herzhaften Schluck?

Mönch und Abt schießen zwei Krüge über das Podium. Faust und Mephistopheles fangen sie auf.

FROSCH Nun, Herrn, ein Liedgen! Für einen Krug ein Liedgen, das ist billig.

FAUST Ich habe keine Stimme.

Mephistopheles steigt auf das Podium.

MEPHISTOPHELES Ich sing eins für mich, zwey für meinen Kammeraden, hundert wenn ihr wollt, wir kommen aus Spanien wo nachts so viel Lieder gesungen werden als Sterne am Himmel stehn.

BRANDER Das verbät ich mir, ich hasse das Geklimpere, außer wenn ich einen Rausch habe, und schlafe, daß die Welt untergehen dürfte.

ABT Für kleine Mädgen ist so was die nit schlafen können.

BISCHOF Und am Fenster stehen.

FUCHS Monden Kühlung einzusuckeln.

MEPHISTOPHELES

Es war einmal ein König
Der hett einen grosen Floh!

SIEBEL Stille!

BRANDER Horch!

KARDINAL Schöne Rarität!

BISCHOF Schöne Liebhaberei!

FROSCH Noch einmal!

ALTEN Noch einmal!

MEPHISTOPHELES

Es war einmal ein König
Der hett einen grosen Floh
Den liebt er gar nit wenig
Als wie sein eignen Sohn.
Da rief er seinen Schneider,
Der Schneider kam heran:
Da meß dem Junker Kleider
Und meß ihm Hosen an!

ALTEN Wohl gemessen!

FROSCH Wohl! Daß sie nur keine Falten werfen!

MEPHISTOPHELES

In Sammet und in Seide
War er nun angethan
Hätte Bänder auf dem Kleide
Hätt auch ein Kreutz daran.
Und war so gleich Minister
Und hätt einen grosen Stern,
Da wurden sein Geschwister
Bey Hof auch grose Herrn.

Und Herrn und Fraun am Hofe
Die waren sehr geplagt,
(Die Königin und die Zofe
Gestochen und genagt)
Und durften sie nicht knicken,
Und weg sie iagen nicht
Wir knicken und ersticken
Doch gleich wenn einer sticht.

FROSCH Wir knicken

ALLE Wir knicken

FROSCH Wir knicken und ersticken
ALLE Wir knicken und ersticken
FROSCH Wir knicken und ersticken
Doch gleich wenn einer sticht.
ALLE Doch gleich wenn einer sticht.
FUCHS Doch gleich wenn einer sticht.
SIEBEL Bravo! Bravo!
BRANDER Schön und trefflich.
ALTEN Noch eins!
KARDINAL Noch ein paar Krüge!
BISCHOF Noch eins!
ABT Noch ein paar Krüge!
ALTEN Noch ein paar Krüge!
FROSCH Noch ein paar Lieder!
BRANDER, SIEBEL, ALTEN Noch, noch, noch, noch!
KARDINAL, BISCHOF, ABT, MÖNCH Ein, ein, ein, ein!
BRANDER, SIEBEL, ALTEN Paar, paar, paar, paar!
KARDINAL, BISCHOF, ABT, MÖNCH Lieder, Lieder, Lieder, Lieder!
FUCHS *wacht auf* Inkognito!
FAUST *steigt auf das Podium* Meine Herren! Der Wein geht an! Geht an wie in Leipzig die Weine alle angehn müssen. Doch dünckt mich ihr würdet erlauben daß man euch aus einem andern Fasse zapfte.
SIEBEL Habt ihr einen eignen Keller?
BRANDER Handelt ihr mit Weinen?
KARDINAL Seid ihr vielleicht von denen Schelmen aus'm Reich?
ALTEN Wart ein bißgen. Ich hab so eine Probe, ob ich weiter trincken darf.

Er erhebt sich und steigt auf das Podium.

Er versucht am Rand des Gerüstes entlangzugehen, stürzt hin.

SIEBEL Nun! nun! Das Köpfchen schwankt schon!

FROSCH Pah! eine Flasche! Ich wills vor Gott verantworten und vor deiner Frauen.

ALLE Amen.

FROSCH Euren Wein!

ALLE Amen.

FAUST Gut! Was verlangt ihr für Wein?

FROSCH He!?

FAUST Was für ein Gläsgen mögtet ihr trincken?

FROSCH He!? He!?

FAUST Ich schaffs euch!

BRANDER So ein Glas Rheinwein.

SIEBEL Echten Nierensteiner.

FAUST Gut! Und ihr?

ALTEN Muskatenwein!

KARDINAL Spanischen Wein sonst keinen Tropfen. Ich will nur sehn wo das hinaus läufft.

FAUST Was beliebt euch?

BISCHOF Roten Wein!

ABT Einen französischen! Die Franzosen kann ich nicht leiden, so großen Respekt ich vor ihrem Wein hab.

FAUST Nun was schafft ihr? Schnell, Herr! nennt einen Wein!

MÖNCH Tokayer denn!

FAUST Nun aufgeschaut! Die Gläser untergehalten. Daß aber kein Tropfen auf die Erde fällt, sonst giebts ein Unglück!

ABT Hält er uns für Narren?

ALTEN Mir wirds unheimlich.

KARDINAL Der hat den Teufel.
FAUST Ausgezogen! – Zugestopft! Und nun versucht!
SIEBEL Wohl!
MÖNCH Trefflich wohl!
ALTEN Majestätisch wohl!
KARDINAL Willkommner Gast.
ALLE Willkommner Gast.

Sie trinken wiederholt.

MEPHISTOPHELES Sie sind nun eingeschifft.
ALLE

Uns ist gar kannibalisch wohl
Als wie fünfhundert Säuen.
Uns ist gar kannibalisch wohl
Als wie fünfhundert Säuen.

FAUST Gehn wir!
MEPHISTOPHELES Noch ein Moment.
ALLE

Uns ist gar kannibalisch wohl
Als wie fünfhundert Säuen.
Uns ist gar kannibalisch wohl
Als wie fünfhundert Säuen.

Mephistopheles nimmt Siebel den Krug weg, rührt darin und reicht ihn Frosch.

FROSCH Ex!

Alle trinken. Frosch stutzt, wirft den Krug auf den Boden.

FROSCH Hölle und Teufel!
BRANDER Zauberei!

ALLE Zauberei!

Sie werfen die Humpen weg.

SIEBEL Herr und Satan!

FROSCH Meint er, er dürft in ehrliche Gesellschaft sich machen und sein höllisches Hokuspokus treiben.

FAUST Stille Mastschwein!

FROSCH Mir Schwein. Brüder! Schlagt ihn zusammen! Stoßt ihn nieder!

BRANDER Ein Zauberer ist vogelfrei.

KARDINAL Nach Reichsgesetzen vogelfrei!

Sie erheben sich und dringen von allen Seiten mit Messern auf Faust ein. Faust verzaubert sie mit einer Geste.

SIEBEL *greift Brander an die Nase* Was seh ich!

BRANDER *greift Siebel an die Nase* Weinberge!

ALTEN *greift an seine eigene Nase* Trauben.

KARDINAL *greift an die Nase von Bischof* Um diese Jahreszeit.

BISCHOF *greift an die Nase von Kardinal* Wie reif!

ABT *greift an die Nase von Mönch* Wie schön!

MÖNCH *greift an die Nase von Abt* Wie blau!

FROSCH O, das ist die schönste!

FAUST Halt! – Geht und schlaft euren Rausch aus!

Faust entzaubert. Faust und Mephistopheles gehen nach links hinten ab.

SIEBEL Meine Nase!

BRANDER *zu Siebel* War das deine Nase?

ALTEN Waren das die Trauben?

KARDINAL Wo ist er?

BISCHOF Fort! Es war der Teufel selbst.

Abt stürzt nach rechts hinaus.

MÖNCH Ich hab ihn auf einem Fasse hinaus reiten sehen.
ALTEN Hast du! Dann ists gewiß auf dem Markt nit sicher – Wie kommen wir nach Hause.
BRANDER Siebel geh zuerst!
SIEBEL Kein Narr!
ALTEN Kommt, wir wecken die Häscher unterm Rathaus.
KARDINAL Für ein Trinkgeld tun die wohl ihre Schuldigkeit.
BISCHOF Fort!

Bischof, Mönch, Siebel, Alten nach rechts ab. Brander und Kardinal folgen.

FROSCH Fort! Fort!

Brander und Kardinal kehren nochmals zurück und heben Frosch vom Faß und tragen ihn nach rechts hinten hinaus.

FROSCH Sollte wohl der Wein noch laufen?
ALTEN Bildt dirs nicht ein!
BRANDER Trocken wie Holz!

Fuchs erhebt sich mühsam, kriecht zum Faß. Er probiert mit dem Finger.

FUCHS Nierensteiner.

Er rollt das Faß rechts die Schräge hinunter. Er setzt sich zu den anderen Studenten auf den Boden hinter die Schräge rechts.

8. Szene

Mephistopheles

Mephistopheles von links hinten. Er schleppt ein Holzkreuz auf dem Rücken. Oben auf dem Podium bleibt er stehen und stützt sich auf das Kreuz.

MEPHISTOPHELES Also lebte Doktor Faust in üppigem Leben Tag und Nacht, glaubte nicht, daß ein Gott, Hölle oder Teufel wäre, vermeinte, Leib und Seele stürben miteinander, und geriet in solche Brunst, daß er Tag und Nacht nach schönen Weibern trachtete, in die sich Mephistopheles mit großer Mühe verwandelte, so daß er, wenn er heute die eine beschlief, morgen eine andere im Sinne hatte, denn jedesmal war es der Teufel selbst. Nachdem nun Doktor Faust seine schändliche Unzucht mit dem Teufel getrieben hatte, überkam ihn in seiner Unersättlichkeit die Sehnsucht, eine unschuldige Jungfrau zu verführen und an Leib und Seele zu verderben.

Er stellt das Kreuz hinten in die Mitte. Beim Anblick des Kreuzes flüchtet er erschreckt nach vorne.

9. Szene

Ein Kreuz am Wege

Faust von hinten links.

FAUST

Was giebts Mephisto? hast du Eil?
Was schlägst vorm Kreuz die Augen nieder?

MEPHISTOPHELES

Ich weis es wohl es ist ein Vorurtheil,
Allein genung mir ists einmal zuwieder.

Mephistopheles legt sich vorne auf die Stufe nieder. Margarete von hinten rechts. Unterm Kreuz trifft sie auf Faust.

FAUST

Mein schönes Fräulein darf ichs wagen
Mein Arm und Geleit ihr anzutragen.

MARGARETE

Bin weder Fräulein weder schön
Kann ohngeleit nach Hause gehn.

Sie geht nach vorne links ab. Faust schaut ihr nach.

FAUST

Das ist ein herrlich schönes Kind

Die hat was in mir angezündt.
Sie ist so sitt und tugendreich
Und etwas schnippisch doch zugleich.

Er setzt sich vor dem Kreuz nieder.

Der Lippen Roth der Wange Licht
Die Tage der Welt vergeß ichs nicht
Wie sie die Augen niederschlägt
Hat tief sich in mein Herz geprägt
Wie sie kurz angebunden war
Das ist nun zum Entzücken gar.

Er steht auf und kommt nach vorne.

Hör du mußt mir die Dirne schaffen.

MEPHISTOPHELES Nun welche?

Mephistopheles richtet sich verdrossen auf.

FAUST Sie ging iust vorbey.

Faust kommt vorne links vom Podium herunter.

MEPHISTOPHELES

Da die! Sie kam von ihrem Pfaffen
Der sprach sie aller Sünden frey.
Ich schlich mich hart am Stul herbey.
Es ist ein gar unschuldig Ding
Das eben für nichts zur Beichte ging.
Über die hab ich keine Gewalt.

FAUST

Ist über vierzehn Jahr doch alt.

Faust setzt sich links vorne auf die Stufe.

MEPHISTOPHELES

Sprichst ey wie der Hans Lüderlich
Der begehrt iede liebe Blum für sich
Und dünkelt ihm es wär kein Ehr
Und Gunst die nicht zu pflücken wär.
Geht aber doch nicht immer an.

FAUST

Mein Herr Magister Lobesan
Laß er mich mit dem Gesetz in Frieden.
Und das sag ich ihm kurz und gut
Wenn nicht das süse iunge Blut
Heut Nacht in meinen Armen ruht,
So sind wir um Mitternacht geschieden.

MEPHISTOPHELES *springt auf*

Bedenckt was gehn und stehen mag
Gebt mir zum wenigst vierzehn Tag
Nur die Gelegenheit zu spüren.

FAUST

Hätt ich nur sieben Stunden Ruh,
Braucht keinen Teufel nicht dazu
So ein Geschöpfgen zu verführen.

MEPHISTOPHELES

Ihr sprecht schon fast wie ein Franzos.
Drum bitt ich laßts euch nicht verdrießen
Was hilft so grade zu genießen.
Die Freud ist lange nicht so gros
Als wenn ihr erst herauf herum
Durch allerlei Brimborium
Das Püppchen geknät und zugericht
Wies lehret manche Welsch Geschicht.

FAUST

Hab Apetit auch ohne das.

MEPHISTOPHELES

Jetzt ohne Schimpf und ohne Spas
Ich sag euch mit dem schönen Kind
Geht ein vor allmal nicht geschwind
Mit Sturm ist da nichts einzunehmen
Wir müssen uns zur List bequemen.

Faust steht auf, geht auf Mephistopheles zu.

FAUST

Schaff mir etwas vom Engelsschatz
Führ mich an ihren Ruheplatz
Schaff mir ein Halstuch von ihrer Brust
Ein Strumpfband meiner Liebes Lust.

MEPHISTOPHELES

Damit ihr seht daß ich eurer Pein
Will förderlich und dienstlich seyn.
Wollen wir keinen Augenblick verliehren
Will euch noch heut in ihr Zimmer führen.

FAUST

Und soll sie sehn? Sie haben?

MEPHISTOPHELES

Nein
Sie wird bei einer Nachbrinn seyn.
Indessen könnt ihr ganz allein
In aller Hoffnung künftger Freuden
In ihrem Dunst kreis satt euch weiden.

FAUST Können wir hin?

MEPHISTOPHELES Es ist noch zu früh.

FAUST Sorg du mir für ein Geschenk für sie.

Faust geht nach links vorne ab.

MEPHISTOPHELES

Er thut als wär er ein Fürsten Sohn
Hätt Luzifer so ein Duzzend Prinzen
Die sollten ihm schon was vermünzen
Am Ende kriegt' er eine Comission.

Er geht nach rechts vorne ab.

10. Szene

Abend

Margaretes Zimmer.

Ein Student entfernt das Kreuz und legt es hinter das Gerüst. Zwei andere bringen ein Bett. Die Studenten drängen sich näher an das Gerüst: vier setzen sich rechts außen vor die Schräge, die anderen lehnen sich hinten rechts an das Gerüst. Margarete kommt von hinten links. Sie trägt ein Toilettentischchen nach oben und stellt es vorne links ab.

MARGARETE

Ich gäb was drum, wenn ich nur wüßt,
Wer heut der Herr gewesen ist.

Sie wendet sich nochmals nach hinten. Ein Student reicht ihr von unten einen Stuhl auf das Podium. Sie stellt ihn zum Toilettentisch.

Er sah gewiß recht wacker aus
Und ist aus einem edlen Haus
Das konnt ich ihm an der Stirne lesen.
Er wär auch sonst nicht so keck gewesen.

Sie geht nach links hinten ab.
Mephistopheles kommt von hinten rechts. Faust folgt ihm.

MEPHISTOPHELES Herein –

Faust stolpert.

MEPHISTOPHELES ganz leise nur herein.

FAUST *nach einigem Stillschweigen*

Ich bitte dich, laß mich allein.

MEPHISTOPHELES *spürt um das Bett herum*

Nicht iedes Mädchen hält so rein.

Er geht nach rechts hinten ab.

FAUST

Willkommen süser Dämmerschein
Der du dies Heiligthum durchwebst!
Ergreif mein Herz, du süse Liebespein,
Die du vom Tau der Hoffnung schmachtend lebst.
Wie athmet rings Gefühl der Stille,
Der Ordnung, der Zufriedenheit!
In dieser Armuth welche Fülle!
In diesem Kerker welche Seeligkeit!

Er geht zum Stuhl links.

O nimm mich auf der du die Vorwelt schon
In Freud und Schmerz in offnen Arm empfangen!

Er setzt sich.

Wie offt ach hat an diesem Väter Thron
Schon eine Schaar von Kindern rings gehangen
Vielleicht hat dankbar für den heilgen Christ
Mein Liebgen hier mit vollen Kinderwangen
Dem Ahnherrn fromm die welcke Hand geküßt.
Ich fühl o Mädgen deinen Geist
O liebe Hand so Göttergleich

Er steht auf, tritt zum Fußende des Bettes.

Die Hütte wird durch dich ein Himmelreich.
Und hier! Was faßt mich für ein Wonnegraus!
Hier mögt ich volle Stunden säumen.
Natur! Hier bildetest in leichten Träumen
Den eingebohrnen Engel aus.
Hier lag das Kind, mit warmem Leben
Den zarten Busen angefüllt
Und hier mit heilig reinem Weben
Entwürckte sich das Götterbild.

Und du! Was hat dich hergeführt?
Wie innig fühl ich mich gerührt!
Was willst du hie? Was wird das Herz dir schweer?
Armseelger Faust, ich kenne dich nicht mehr!

Umgiebt mich hier ein Zauberdufft?

Er setzt sich auf das Bett.

Mich drangs so grade zu genießen.
Und fühle mich in Liebestraum zerfließen!
Sind wir ein Spiel von iedem Druck der Lufft.

Und träte sie den Augenblick herein
Wie würdest du für deinen Frevel büßen
Der große Hans, ach wie so klein
Läg weggeschmolzen ihr zu Füßen.

Mephistopheles von hinten rechts, hinter dem Bett nach vorne.

MEPHISTOPHELES Geschwind ich seh sie dortunten kommen.

Faust steht auf, tritt zu Mephistopheles.

FAUST Komm komm ich kehre nimmermehr!
MEPHISTOPHELES
Hier ist ein Kästgen leidlich schweer
Ich habs wo anderswo genommen.
Stellts hier nur immer in den Schrein,
Ich schwör euch ihr vergehn die Sinnen.
Ich sag euch es sind Sachen drein
Um eine Fürstin zu gewinnen.
Zwar Kind ist Kind und Spiel ist Spiel.
FAUST Ich weis nicht soll ich?
MEPHISTOPHELES
Fragt ihr viel!
Meynt ihr vielleicht den Schaz zu wahren?
Dann rath ich eurer Lüsternheit
Die liebe schöne Tageszeit
Und mir die weitre Müh zu spaaren.
Ich hoff nicht daß ihr geizig seyd.
Ich kraz den Kopf reib an den Händen
Um euch das süse iunge Kind
Nach eurem Herzens Will zu wenden.
Und ihr seht drein
Als solltet ihr in Hörsaal 'nein.
Als stünden grau leibhafftig vor euch da
Phisick und Metaphisika.
Nur fort –

Mephistopheles gibt Faust das Kästchen und geht rechts hinten ab. Faust steht unschlüssig. Er versteckt das Kästchen unter der Bettdecke und folgt Mephistopheles. Margarete kommt von links.

MARGARETE

Es ist so schwül und dumpfig hie
Und macht doch eben so warm nicht draus.

Sie setzt sich in den Stuhl.

Es wird mir so! Ich weis nicht wie.
Ich wollte die Mutter käm nach Haus.
Mir läufft ein Schauer am ganzen Leib
Binn doch ein töhrig furchtsam Weib.

Sie sagt ein Gedicht auswendig her.

MARGARETE

Es war ein König in Tule
Einen goldnen Becher er hett
Empfangen von seiner Bule
auf ihrem Todtesbett.

Der Becher war ihm lieber
Tranck draus bey iedem Schmaus.
Die Augen gingen ihm über
So offt er tranck daraus.

Und als es kam zu sterben
Zählt er seine Städt und Reich
Gönnt alles seinen Erben
Den Becher nicht zugleich.

Er sas beym Königs Mahle
Die Ritter um ihn her
Auf hohem Väter Saale
Dort auf dem Schloß am Meer.

Dort stand der alte Zecher
Tranck lezte Lebens glut
Und warf den heilgen Becher
Hinunter in die Fluth.

Er sah in stürzen, trincken
Und sincken tief ins Meer.
Die Augen tähten ihm sincken,
Tranck nie einen Tropfen mehr.

Zufrieden mit sich geht sie zum Bett und schüttelt die Bettdecke. Sie erblickt das Kästchen. Sie nimmt es in die Hände.

MARGARETE
Wie kommt das schöne Kästgen hier herein?
Was Guckguck mag dadrinne seyn?
Sie geht zum Toilettentischchen und setzt sich.
Vielleicht brachts iemand als ein Pfand
Und meine Mutter lieh darauf?
Da hängt ein Schlüsselgen am Band
Ich denke wohl ich mach es auf!
Was ist das? Gott im Himmel schau
So was hab ich mein Tage nicht gesehn!
Ein Schmuck! Drinn könnt eine Edelfrau
Am höchsten Feyertag gehn.
Wie sollte mir die Kette stehn?
Wem mag die Herrlichkeit gehören?
Sie schmückt sich damit und beschaut sich im Spiegel.
Wenn nur die Ohrring meine wären!
Man sieht doch gleich ganz anders drein.
Sie wirft alles zurück und schließt das Kästchen.

Was hilft euch Schönheit, iunges Blut
Das ist wohl alles schön und gut,
Allein man läßt auch alles seyn.
Man lobt euch halb mit Erbarmen.
Nach Golde drängt
Am Golde hängt
Doch alles! Ach wir Armen!

Sie nimmt das Kästchen und geht rasch damit nach links ab.

11. Szene

Allee

Faust von rechts hinten. Er bleibt neben dem Gerüst stehen. Mephistopheles von links vorne. Die Studenten flüchten bei seinem Anblick um das Gerüst herum und setzen sich zu beiden Seiten der Schräge links.
Faust schaut von hinten zu, wie Mephistopheles auf der Vorderbühne rasend hin- und hergeht.

MEPHISTOPHELES
Bey aller verschmähten Lieb! Beym höllischen Element!
Ich wollt ich wüßt was ärgers, daß ichs fluchen könnt!

FAUST *kommt nach vorne*
Was hast? Was petzt dich dann so sehr?
So kein Gesicht sah ich in meinem Leben.

MEPHISTOPHELES
Ich mögt mich gleich dem Teufel übergeben,
Wenn ich nur selbst kein Teufel wär.

Er legt den Kopf an Fausts Schulter. Faust krault ihn.

FAUST
Hat sich dir was im Kopf verschoben?
Es kleidt dich gut das Rasen und das Toben.

MEPHISTOPHELES
Denckt nur den Schmuck den ich Margreten schafft

Den hat ein Pfaff hinweggerafft.
Hätt einer auch Engelsblut im Leibe,
Er würde da zum Heerings Weibe.
Die Mutter kriegt das Ding zu schauen,
Es fängt ihr heimlich an zu grauen.
Die Frau hat gar einen feinen Geruch
Schnüffelt immer im Gebetbuch
Und riechts einem ieden Meubel an
Ist das Ding heilig oder profan.
Und an dem Schmuck da spürt sie's klar
Daß dabey nit viel Seegen war.
Mein Kind rief sie ungerechtes Gut
Befängt die Seel, zehrt auf das Blut.
Wollens der Mutter Gottes weihn
Wird uns mit Himmels Mann' erfreun.
Margretlein zog ein schiefes Maul,
Ist halt dacht sie ein geschenkter Gaul
Und warrlich gottlos ist nicht der
Der ihn so fein gebracht hier her.
Die Mutter lies einen Pfaffen kommen;
Der hatte kaum den Spas vernommen,
Lies sich den Anblick wohl behagen,
Er sprach: ach kristlich so gesinnt!
Wer überwindet der gewint.
Die Kirche hat einen guten Magen.
Hatt ganze Länder aufgefressen
Und doch noch nie sich übergessen.
Die Kirch allein meine Lieben Frauen
Kann ungerechtes Gut verdauen.

FAUST

Das ist ein allgemeiner Brauch
Ein Jud und König kann es auch.

MEPHISTOPHELES
Strich drauf eine Spange Kett und Ring
Als wärens eben Pfifferling
Dankt nicht weniger und nicht mehr
Als wenns ein Korb voll Nüsse wär,
Versprach ihnen allen himmlischen Lohn,
Sie waren sehr erbaut davon.
FAUST Und Gretgen?

Er setzt sich auf die Stufe am Gerüst.

MEPHISTOPHELES
Sitzt nun unruhvoll
Weis weder was sie will noch soll
Denkt ans Geschmeide Tag und Nacht,
Noch mehr an den ders ihr gebracht.
FAUST
Des Liebgens Kummer thut mir leid
Schaff du ihr gleich ein neu Geschmeid!
Am ersten war ia so nicht viel.
MEPHISTOPHELES
O ia, dem Herrn ist alles Kinderspiel.
FAUST
Und mach und richts nach meinem Sinn
Häng dich an ihre Nachbarinn.
Sey Teufel doch nur nicht wie Brey
Und schaff einen neuen Schmuck herbey.

Er springt auf. Ab nach links vorne. Mephistopheles verbeugt sich tief.

MEPHISTOPHELES
Ja, gnädger Herr von Herzen gerne.

Im Abgehen vorne an der Rampe.

So ein verliebter Thor verpufft
Euch Sonne Mond und alle Sterne
Zum Zeitvertreib dem Liebgen in die Lufft.

Er geht nach rechts ab.

12. Szene

Nachbarins Haus

Marthe kommt von links hinten. Sie geht zum Toilettentischchen, schaut in den Spiegel, nimmt den Stuhl und trägt ihn nach hinten. Ein Student nimmt ihn entgegen.

MARTHE
Gott verzeihs meinem lieben Mann
Er hat an mir nicht wohl gethan
Sie gibt das Toilettentischchen nach unten.
Geht da stracks in die Welt hinein
Und läßt mich auf dem Stroh allein.
Sie zieht den Bettvorhang zur Seite.
Thät ihn doch warrlich nicht betrüben
Sie schüttelt die Bettdecke und kehrt sie um. Sie setzt sich aufs Bett.
Thät ihn weis Gott recht herzlich lieben.
Vielleicht ist er gar todt! – O Pein!
Hätt ich nur einen Todtenschein!

Margarete kommt von hinten links mit einem Kästchen.

MARGARETE Frau Marthe!
MARTHE Gretgen was solls?
MARGARETE
Fast sinken mir die Knie nieder

Da find ich so ein Kästgen wieder
In meinem Schrein von Ebenholz.
Und Sachen herrlich ganz und gar
Weit reicher als das erste war.

MARTHE

Das muß sie nit der Mutter sagen
Tähts wieder gleich zur Beichte tragen.

MARGARETE

Ach seh sie nur! ach schau sie nur!

MARTHE

O du glückseelige Creatur.

MARGARETE *setzt sich zu Marthe*

Darf mich ach leider auf der Gassen
Nicht in der Kirch mich sehen lassen.

MARTHE

Komm du nur offt zu mir herüber,
Und leg den Schmuck hier heimlich an;
Spazier ein Stündgen lang dem Spiegelglas vorüber,
Wir haben unsre Freude dran.
Und dann giebts einen Anlas giebts ein Fest
Wo mans so nach und nach den Leuten sehen läßt.
Ein Kettgen erst, die Perle dann ins Ohr,
Die Mutter siehts wohl nicht man macht ihr auch was vor.

Es klopft. Marthe springt auf, geht nach hinten.

MARGARETE

Ach Gott! mag das mein' Mutter seyn?

MARTHE

Es ist ein fremder Herr – Herein!

Mephistopheles von hinten links. Unter zeremoniellen Verbeugungen.

MEPHISTOPHELES
Bin so frey grad herein zu treten
Muß bey den Fraun Verzeihn erbeten.

Margarete steht auf.

MEPHISTOPHELES
Wollt nach Frau Marthe Schwerdlein fragen!
MARTHE
Ich bin's, was hat der Herr zu sagen.

Mephistopheles wendet sich zum Gehen.

MEPHISTOPHELES *leise zu ihr*
Ich kenn sie iezt, mir ist das gnug
Sie hat da gar vornehmen Besuch.
Verzeiht die Freyheit die ich genommen
Will nach Mittage wiederkommen.
MARTHE *laut*
Denk Kind um alles in der Welt!
Der Herr dich für ein Fräulein hält.
MARGARETE
Ich bin ein armes iunges Blut,
Ach Gott, der Herr ist gar zu gut.
Der Schmuck und Schmeid Herr ist nicht mein!

Mephistopheles tritt auf Margarete zu.

MEPHISTOPHELES

Ach, es ist nicht der Schmuck allein
Sie hat ein Wesen, einen Blick so scharf.

Sehr nahe bei ihr.

Wie freut michs daß ich bleiben darf.

Er setzt sich aufs Bett. Marthe setzt sich links von ihm. Margarete tritt links neben das Bett.

MARTHE

Was bringt er denn? Neugierde sehr.

MEPHISTOPHELES

Ach wollt hätt eine frohre Mähr!
Ich hoff sie läßt michs drum nicht büsen!
Ihr Mann ist todt und läßt sie grüsen.

MARTHE

Ist todt! das treue Herz! O weh!
Mein Mann ist todt ach ich vergeh!

MARGARETE

Ach liebe Frau verzweifelt nicht!

MEPHISTOPHELES

So hört die traurige Geschicht.

Margarete setzt sich links von Marthe auf den Bettrand.

MARGARETE

Ich mögte drum mein Tag nicht lieben
Würd mich Verlust zu todt betrüben.

MEPHISTOPHELES

Freud muß Leid, Leid muß Freude haben.

MARTHE

Erzählt mir seines Lebens Schluß.

MEPHISTOPHELES

Er liegt in Padua begraben
Beim heiligen Antonius
An einer wohlgeweihten Stätte
Zum ewig kühlen Ruhe Bette.

MARTHE

Habt ihr sonst nichts an mich zu bringen?

MEPHISTOPHELES

Ja eine Bitte gros und schweer:
Laß sie doch ia für ihn drey hundert Messen singen!
Im übrigen sind meine Taschen leer.

Margarete steht auf. Sie steht links am Fußende des Bettes, das Kästchen an sich gedrückt.

MARTHE

Was? nicht ein Schaustück? kein Geschmeid?
Was ieder Handwerckspursch im Grund des Seckels spaart,
Zum Angedencken aufbewahrt
Und lieber hungert lieber bettelt!

MEPHISTOPHELES

Madam, es thut mir herzlich leid
Allein er hat sein Geld wahrhafftig nicht verzettelt.
Und er bereute seine Fehler sehr,
Ach und beiammerte sein Unglück noch vielmehr.

MARGARETE

Ach, daß die Menschen so unglücklich sind!
Gewiß ich will für ihn manch Requiem noch beten.

MEPHISTOPHELES

Ihr wäret werth gleich in die Eh zu treten
Ihr seyd ein liebenswürdig Kind.

MARGARETE

Ach nein, das geht iezt doch nicht an.

MEPHISTOPHELES

Ists nicht ein Mann, seys derweil ein Galan
Ist eine der grösten Himmelsgaben
So ein lieb Ding im Arm zu haben.

MARGARETE

Das ist des Landes nicht der Brauch.

MEPHISTOPHELES

Brauch oder nicht! es giebt sich auch.

MARTHE Erzählt mir doch!

MEPHISTOPHELES Ich stand an seinem Sterbebette.
Es war was besser als von Mist
Von halb gefaultem Stroh; allein er starb als Christ
Und fand, daß er weit mehr noch auf der Zeche hätte.
Wie, rief er, muß ich mich von Grund aus hassen,
So mein Gewerb, mein Weib so zu verlassen.
Ach die Erinnrung tödtet mich.
Vergäb sie mir nur noch in diesem Leben!

MARTHE

Der gute Mann ich hab ihm längst vergeben.

MEPHISTOPHELES

Allein weis Gott sie war mehr schuld als ich.

MARTHE

Das lügt er! Was am Rand des Todts zu lügen.

MEPHISTOPHELES

Er fabelte gewiß in letzten Zügen.
Wenn ich nur halb ein Kenner bin.
Ich hatte, sprach er, nicht zum Zeitvertreib zu gaffen,
Erst Kinder, und dann Brodt für sie zu schaffen,

Und Brodt im aller weitsten Sinn.
Ich konnte nicht einmal mein Theil in Frieden essen.

MARTHE

Hat er so aller Treu, so aller Lieb vergessen.
Der Plackerey bey Tag und Nacht.

MEPHISTOPHELES

Nicht doch er hat recht herzlich dran gedacht,
Er sprach, als ich nun weg von Malta ging,
Da, betet ich für Frau und Kinder brünstig.
Uns war denn auch der Himmel günstig
Daß unser Schiff ein Türkisch Fahrzeuch fing,
Das einen Schatz des grosen Sultans führte.
Da ward der Tapferkeit ihr Lohn,
Und ich empfing dann auch wie sichs gebührte
Mein wohlgemessen Teil davon.

MARTHE

Ey wie? Ey wo? hat er's vielleicht vergraben?

MEPHISTOPHELES

Wer weis, wo nun es die vier Winde haben.
Ein schönes Fräulein nahm sich seiner an,
Als er in Napel fremd umher spazierte,
Sie hat an ihm, viel Liebs und Treu gethan,
Daß er's bis an sein seelig Ende spürte.

MARTHE

Der Schelm! Der Dieb an seinen Kindern!
Auch alles Elend alle Noth
Konnt nicht sein schändlich Leben hindern.

MEPHISTOPHELES

Ja seht! dafür ist er nun Todt.
Wär ich nur iezt an eurem Platze
Betrauert ihn ein züchtig Jahr
Visirt dann unterweil nach einem neuen Schatze.

MARTHE

Ach Gott! Wie doch mein erster war,
Find ich nicht leicht auf dieser Welt den andern.
Es konnte kaum ein herzger Närgen seyn
Ihm fehlte nichts als allzugern zu wandern,
Und fremde Weiber und der Wein
Und das verfluchte Würfel Spiel.

MEPHISTOPHELES

Nun, nun das konnte gehn und stehen,
Wenn er euch ohngefähr so viel,
Von seiner Seite nachgesehen.
Ich schwör euch zu um das Geding,
Wechselt ich selbst mit euch den Ring.

MARTHE

O es beliebt dem Herrn zu scherzen.

MEPHISTOPHELES *steht auf*

Nun mach ich mich bey Zeiten fort.
Die hielte wohl den Teufel selbst beym Wort!

Er geht rechts um das Bett herum und steht seitwärts hinter Margarete.

Wie steht es denn mit ihrem Herzen?

MARGARETE Was meint der Herr damit?

MEPHISTOPHELES Du guts unschuldigs Kind!

Er wendet sich zum Gehen nach links.

Lebt wohl ihr Fraun!

MARTHE *steht rasch auf* O sagt mir doch geschwind
Ich möchte gern ein Zeugnis haben,
Wo, wie und wenn mein Schatz gestorben und begraben.
Ich bin von ie der Ordnung Freund gewesen.
Mögt ihn auch todt im Wochenblättgen lesen.

MEPHISTOPHELES
Ja gute Frau durch zweyer Zeugen Mund
Wird alleweegs die Wahrheit kund
Hab noch gar einen feinen Gesellen,
Den will ich euch vor den Richter stellen.
Ich bring ihn her.

MARTHE O thut das ia.

MEPHISTOPHELES
Und hier die Jungfer ist auch da.
Ein braver Knab, ist viel gereist
Fräuleins alle Höflichkeit erweist.

MARGARETE
Müst vor solch Herren schamroth werden.

MEPHISTOPHELES
Vor keinem König der Erden.

MARTHE
Da hinterm Haus in meinem Garten,
Wollen wir der Herrn heut Abend warten.

Alle nach hinten links ab, zuerst Mephistopheles, dann Marthe, zuletzt Margarete.

13. Szene

Faust, Mephistopheles

Faust und Mephistopheles treffen sich hinten links. Sie kommen neben dem Gerüst nach vorne.

FAUST Wie ists? Wills fördern wills bald gehn?

MEPHISTOPHELES

Ach Bravo; find ich euch im Feuer!
In kurzer Zeit ist Gretgen euer
Heut Abend sollt ihr sie bey Nachbaar Marthen sehn.
Das ist ein Weib wie auserlesen,
Zum Kuppler und Zigeunerwesen.

FAUST Sie ist mir lieb.

MEPHISTOPHELES

Doch gehts nicht ganz umsunst,
Eine Gunst ist werth der andern Gunst
Wir legen nur ein gültig Zeuchniß nieder,
Daß ihres Ehherrn ausgereckte Glieder
In Padua, an heilger Stätte ruhn.

FAUST

Sehr klug! wir werden erst die Reise machen müssen.

MEPHISTOPHELES

Sancta Simplicitas! Darum ists nicht zu thun.
Bezeugt nur, ohne viel zu wissen.

FAUST

Wenn er nichts bessers hat, so ist der Plan zerrissen.

MEPHISTOPHELES

O heilger Mann da wärt ihrs nun!
Es ist gewiß das erst in eurem Leben,
Daß ihr falsch Zeugniß abgelegt.
Habt ihr von Gott, der Welt, und was sich drinne regt,
Vom Menschen, und was ihm in Kopf und Herzen schlägt,
Definitionen nicht mit groser Kraft gegeben?
Und habt davon in Geist und Brust,
So viel als von Herrn Schwerdleins Tod gewußt.

FAUST

Du bist und bleibst ein Lügner, ein Sophiste.

MEPHISTOPHELES

Ja, wenn mans nicht ein bißgen tiefer wüßte!
Denn morgen wirst in allen Ehren
Das arme Gretgen nicht bethören?
Und alle Seelenlieb ihr schwören?

FAUST Und zwar von Herzen.

MEPHISTOPHELES Gut und schön.

Dann wird von ewger Treu und Liebe!
Von einzig überallmächtgen Triebe –
Wird das auch so von Herzen gehn.

FAUST Laß das, es wird.

Er setzt sich auf die Stufe vorne am Gerüst.

Wenn ich empfinde
Und dem Gefühl und dem Gewühl
Vergebens Nahmen such und Nahmen finde,
Und in der Welt mit allen Sinnen schweife
Und alle höchsten Worte greife,

Und diese Glut von der ich brenne
Unendlich, ewig, ewig nenne
Ist das ein teuflisch Lügenspiel.

MEPHISTOPHELES Ich hab doch recht!

FAUST Hör merk dir dies
Ich bitt dich und schone meine Lunge.

Er erhebt sich und wendet sich nach rechts, Mephistopheles folgt ihm.

Wer Recht behalten will und hat nur eine Zunge
Der hälts gewiß.
Und komm ich hab des Schwäzens Überdruß
Denn du hast Recht, vorzüglich weil ich muß.

Beide gehen nach vorne rechts ab.

Vorhang.

14. Szene

Garten

Wenn der Vorhang aufgeht, ist das Holzgerüst leer. Hinter dem Gerüst eine Bank, ebenso links auf der Seite; im übrigen die Requisiten und Möbel, die im zweiten Teil, ab Szene 15, gebraucht werden.
Sechs Studenten treten von rechts auf: jeder trägt eine Wäschestange, wobei jeweils zwei Stangen untereinander mit einem Wäscheseil verbunden sind. Sie betreten das Gerüst und stellen die sechs Stangen so auf, daß sich drei Reihen hintereinander bilden, die gegeneinander versetzt sind. Sie bleiben neben den Stangen stehen. Von links zwei Studenten (Kardinal, Mönch), sie treten vorne links neben das Gerüst.

ABT Sah ein Knab ein Röslein stehn,
BRANDER Röslein auf der Heiden,
ALTEN War so jung,
FUCHS Und morgenschön,
BISCHOF Lief er schnell,
SIEBEL Es nah zu sehn,
KARDINAL Röslein, Röslein, Röslein rot,
MÖNCH Röslein auf der Heiden.

Die Studenten ab. Sie setzen sich zum Teil auf die Bank links, zum Teil ganz hinten links zwischen die Requisiten auf den Boden.

Von hinten links Margarete und Faust. Sie tragen einen Wäschekorb mit Wäsche. Margarete hängt Wäsche auf. Sie beginnt bei der hintersten Reihe. Faust hilft.

MARGARETE
Ich fühl es wohl daß mich der Herr nur schont,
Herab sich läßt, bis zum Beschämen.
Ein Reisender ist so gewohnt
Aus Gütigkeit vorlieb zu nehmen,
Ich weiß zu gut daß solch erfahrnen Mann
Mein arm Gespräch nicht unterhalten kann.

FAUST
Ein Blick von dir, ein Wort mehr unterhält
Als alle Weisheit dieser Welt.

Er küßt ihr die Hand.

MARGARETE
Inkomodirt euch nicht! Wie könnt ihr sie nur küssen?
Sie ist so garstig, ist so rauh
Was hab ich nicht schon alles schaffen müssen,
Die Mutter ist gar zu genau.

Sie gehen vorüber. Von links vorne kommen Marthe und Mephistopheles mit einem Wäschekorb. Mephistopheles hat einen Klammersack um den Bauch. Sie hängen die Wäsche auf die mittlere Reihe.

MARTHE
Und ihr mein Herr, ihr reist so immer fort?

MEPHISTOPHELES

Ach daß Gewerb und Pflicht uns dazu treiben!
Mit wie viel Schmerz verläßt man manchen Ort,
Und darf doch nun einmal nicht bleiben.

MARTHE

In raschen Jahren gehts wohl an
So rum und um frey durch die Welt zu streifen.
Doch kommt die böse Zeit heran,
Und sich als Hagestolz allein zum Grab zu
schleifen,
Das hat noch keinen wohl gethan.

MEPHISTOPHELES

Mit Grausen seh ich das von weiten.

MARTHE

Drum werther Herr berathet euch in Zeiten.

Sie gehen nach links hinter die letzte Reihe. Faust und Margarete kommen von rechts hinten nach vorne vor die erste Reihe. Faust setzt den Korb ab, Margarete hängt Wäsche auf.

MARGARETE

Ja aus den Augen aus dem Sinn
Die Höflichkeit ist euch geläufig.
Allein ihr habt der Freunde häufig,
Und weit verständger als ich bin.

FAUST

O Beste! Glaube daß was man verständig nennt,
Mehr Kurzsinn, Eigensinn und Eitelkeit ist.

MARGARETE Wie?

FAUST

Ach daß die Einfalt daß die Unschuld nie

Sich selbst und ihren heilgen Werth erkennt!
Daß Demuth, Niedrigkeit die höchsten Gaben
Der Liebaustheilenden Natur –

MARGARETE

Denkt ihr an mich ein Augenblickgen nur
Ich werde Zeit genug an euch zu denken haben.

FAUST

Ihr seyd wohl viel allein.

MARGARETE

Ja unsre Wirthschafft ist nur klein
Und doch will sie versehen seyn.
Wir haben keine Magd muß kochen, fegen, stricken,
Und nehn, und lauffen früh und spat.
Und meine Mutter ist in allen Stücken
So accurat.
Nicht daß sie iust so sehr sich einzuschränken hat,
Wir könnten uns weith eh als andre regen
Mein Vater hinterließ ein hübsch Vermögen
Ein Häusgen und ein Gärtgen vor der Stadt.
Doch hab ich iezt so ziemlich stille Tage
Mein Bruder ist Soldat
Mein Schwestergen ist todt
Ich hatte mit dem Kind wohl meine liebe Noth
Doch übernähm ich gern noch einmal alle Plage,
So lieb war mir das Kind.

FAUST Ein Engel wenn dirs glich.

MARGARETE

Ich zog es auf und herzlich liebt es mich.
Es war nach meines Vaters Todt gebohren,
Die Mutter gaben wir verlohren
So elend wie sie damals lag
Und sie erholte sich sehr langsam nach und nach.

Da konnte sie nun nicht daran denken
Das arme Würmgen selbst zu tränken
Und so erzog ichs ganz allein
Mit Wasser und mit Milch, und so wards mein
Auf meinem Arm, in meinem Schoos
Wars freundlich zappelich und gros.

FAUST

Du hast gewiß das reinste Glück empfunden!

MARGARETE

Doch auch gewiß gar manche schweere Stunden.
Des Kleinen Wiege stund zur Nacht,
An meinem Bett es durfte kaum sich regen
War ich erwacht.
Bald mußt ichs tränken bald es zu mir legen,
Bald wenns nicht schweigen wollt vom Bett aufstehn
Und tänzelnd in der Kammer auf und nieder gehn
Und früh am Tag schon an dem Waschtrog stehn,
Dann auf dem Markt und an dem Heerde sorgen,
Und immer so fort heut und morgen.
Da gehts mein Herr nicht immer mutig zu,
Doch schmeckt dafür das Essen und die Ruh.

Sie gehen nach links hinter die letzte Reihe. Marthe mit Mephistopheles am Arm von rechts hinten nach vorne.

MARTHE

Sagt grad mein Herr, habt ihr noch nichts gefunden.
Hat sich das Herz nicht irgendwo gebunden?

MEPHISTOPHELES

Das Sprüchwort sagt ein eigner Heerd
Ein braves Weib sind Gold und Perlen werth.

MARTHE

Ich meyne: ob ihr niemals Lust bekommen.

MEPHISTOPHELES

Man hat mich überall recht höflich aufgenommen.

MARTHE

Ich wollte sagen: wards nie Ernst in eurem Herzen?

MEPHISTOPHELES

Mit Frauens soll man sich nie unterstehn zu scherzen.

MARTHE Ach ihr versteht mich nicht.

MEPHISTOPHELES Das thut mir herzlich leid,
Doch ich versteh – daß ihr sehr gütig seyd.

Beide nach hinten rechts. Faust und Margarete von hinten links nach vorne. Den Wäschekorb lassen sie hinten zurück.

FAUST

Du kanntest mich o kleiner Engel wieder
Gleich als ich in den Garten kam?

MARGARETE

Saht ihr es nicht, ich schlug die Augen nieder.

FAUST

Und du verzeihst die Freyheit die ich nahm?
Was sich die Frechheit unterfangen
Als du lezt aus dem Dom gegangen?

MARGARETE

Ich war bestürzt, mir war das nie geschehn
Es konnte niemand von mir übels sagen
Ach dacht ich hat er in deinem Betragen
Was freches, unanständiges gesehn
Daß ihm sogleich die Lust mogt wandeln

Mit dieser Dirne gradehin zu handeln.
Gesteh ichs doch! Ich wußte nicht was sich
Zu eurem Vortheil hier zu regen gleich begonnte.
Allein gewiß ich war recht bös auf mich
Daß ich auf euch nicht böser werden konnte.

15. Szene

Garten

FAUST Süß Liebgen!

Margarete nach rechts.

MARGARETE Laßt einmal.

Sie pflückt eine Sternblume und zupft die Blätter ab, eins nach dem andern.

FAUST Was soll das? Keinen Strauß?
MARGARETE Nein, es soll nur ein Spiel.
FAUST Wie?
MARGARETE Geht, ihr lacht mich aus.

Sie rupft und murmelt.

FAUST Was murmelst du?
MARGARETE Er liebt mich – Liebt mich nicht.
FAUST Du holdes Himmelsangesicht!
MARGARETE Liebt mich – Nicht – Liebt mich – Nicht –
Das letzte Blatt ausrupfend.
Er liebt mich!
FAUST
Ja, mein Kind! Laß dieses Blumenwort

Dir Götterausspruch sein: Er liebt dich!
Verstehst du, was das heißt: Er liebt dich!

Er faßt ihre beiden Hände.

MARGARETE Mich überläufts!

FAUST
O schaudre nicht! Laß diesen Blick
Laß diesen Händedruck dir sagen
Was unaussprechlich ist.
Sich hinzugeben ganz und eine Wonne
Zu fühlen die ewig seyn muß!
Ewig! – Ihr Ende würde Verzweiflung seyn.
Nein kein Ende! Kein Ende!

Margarete macht sich los und läuft weg. Faust folgt ihr nach links die Schräge hinunter und hinter das Holzgerüst. Sie setzen sich auf die Bank. Von rechts hinter der Wäsche hervor kommen Marthe und Mephistopheles. Marthe ordnet sich die Kleider.

MARTHE Die Nacht bricht an.

MEPHISTOPHELES Ja und wir wollen fort.

MARTHE
Ich bät euch länger hier zu bleiben
Allein es ist ein gar zu böser Ort.
Es ist als hätte niemand nichts zu treiben
Und nichts zu schaffen,
Als auf des Nachbaarn Schritt und Tritt zu gaffen.
Und man kommt ins Gespräch wie man sich immer stellt
Und unser Päärgen?

MEPHISTOPHELES Ist den Gang dort aufgeflogen
Muthwillge Sommervögel.
MARTHE Er scheint ihr gewogen.
MEPHISTOPHELES
Und sie ihm auch. Das ist der Lauf der Welt.

Nach links. Sie verbergen sich hinter der ersten Reihe. Von hinten rechts um das Holzgerüst herum Margarete. Faust hinter ihr, versucht sie zu fangen. Sie kommen nach vorne und setzen sich. Marthe und Mephistopheles schauen zwischen den Leintüchern hervor.

MARGARETE Er kommt!
FAUST Ach Schelm so neckst du mich!
Treff ich dich!

Er küßt sie.

MARGARETE Bester Mann schon lange lieb ich dich.

Marthe räuspert sich.

FAUST Wer da?
MEPHISTOPHELES Gut Freund.

Marthe und Mephistopheles kommen hinter den Leintüchern hervor.

FAUST Ein Tier.
MEPHISTOPHELES Es ist wohl Zeit zu scheiden.
MARTHE Ja, es ist spät, mein Herr.

FAUST *bleibt sitzen*
Lebt wohl.
MARTHE Ade!
MARGARETE Auf baldig Wiedersehn.

Marthe und Mephistopheles nach links hinter das Podium. Sie lehnen sich gegen das Gerüst. Beide bleiben dort während der folgenden Szene, von der Wäsche verborgen. Faust legt sich auf die Stufe, den Kopf in Margaretes Schoß.

MARGARETE
Du lieber Gott was so ein Mann
Nit alles alles denken kann.
Beschämt nur steh ich vor ihm da
Und sag zu allen Sachen ia
Bin doch ein arm unwissend Kind
Begreif nicht was er an mir findt.

16. Szene

Garten

MARGARETE Sag mir doch Heinrich!
FAUST Was ist dann?
MARGARETE
Wie hast dus mit der Religion?
Du bist ein herzlich guter Mann
Allein ich glaub, du hältst nicht viel davon.
FAUST *setzt sich auf*
Laß das, mein Kind, du fühlst ich bin dir gut.
Für die ich liebe lies ich Leib und Blut,
Will niemand sein Gefühl und seine Kirche rauben.
MARGARETE
Das ist nicht recht, man muß dran glauben!
FAUST Muß man?
MARGARETE Ach wenn ich etwas auf dich könnte,
Du ehrst auch nicht die heilgen Sakramente.
FAUST Ich ehre sie.
MARGARETE Doch ohne Verlangen.
Wie lang bist du zur Kirch zum Nachtmal nicht gegangen?
Glaubst du an Gott?
FAUST Mein Kind wer darf das sagen,
Ich glaub an Gott!
Magst Priester, Weise fragen
Und ihre Antwort scheint nur Spott
Über den Frager zu seyn.

MARGARETE So glaubst du nicht.

FAUST

Mishör mich nicht du holdes Angesicht.
Wer darf ihn nennen?
Und wer bekennen?
Ich glaub ihn!
Wer empfinden?
Und sich unterwinden
Zu sagen ich glaub ihn nicht!
Der Allumfasser
Der Allerhalter
Faßt und erhält er nicht
Dich, mich, sich selbst!
Wölbt sich der Himmel nicht dadroben
Liegt die Erde nicht hierunten fest
Und steigen hüben und drüben
Ewige Sterne nicht herauf!
Schau ich nicht Aug in Auge dir!
Und drängt nicht alles
Nach Haupt und Herzen dir
Und webt in ewigem Geheimniß
Unsichtbaar Sichtbaar neben dir,
Erfüll davon dein Herz so gros es ist
Und wenn du ganz in dem Gefühle seelig bist
Nenn das dann wie du willst.
Nenns Glück! Herz! Liebe! Gott!
Ich habe keinen Nahmen
Dafür. Gefühl ist alles
Nahme Schall und Rauch
Umnebelnd Himmels Glut.

MARGARETE

Das ist alles recht schön und gut

Ohngefähr sagt das der Cathechismus auch
Nur mit ein bisgen andern Worten.

FAUST

Es sagens aller Orten
Alle Herzen unter dem Himmlischen Tage,
Jedes in seiner Sprache
Warum nicht ich in der meinen.

MARGARETE

Wenn mans so hört, mögts leidlich scheinen
Steht aber doch immer schief darum,
Denn du hast kein Christenthum.

Margarete steht auf. Sie geht nach oben zur Wäsche. Sie beginnt die Wäsche abzuhängen.

FAUST Liebes Kind!

MARGARETE Es thut mir lang schon weh!
Daß ich dich in der Gesellschaft seh.

FAUST Wie so?

MARGARETE

Der Mensch den du da bey dir hast
Ist mir in tiefer innrer Seel verhaßt
Es hat mir in meinem Leben
So nichts einen Stich ins Herz gegeben,
Als des Menschen sein Gesicht.

FAUST

Liebe Puppe fürcht ihn nicht.

MARGARETE

Seine Gegenwart bewegt mir das Blut
Ich bin sonst allen Menschen gut
Aber wie ich mich sehne dich zu schauen
Hab ich vor dem Menschen ein heimlich Grauen.

Und halt ihn für einen Schelm dazu.
Gott verzeih mirs wenn ich ihm Unrecht thu.

FAUST

Er ist ein Kautz wies mehr noch geben.

MARGARETE

Mögt nicht mit seines Gleichen leben.

Sie nimmt die Schnüre ab und legt sie oben auf den Korb.

Kommt er einmal zur Thür herein
Er sieht immer so spöttisch drein
Und halb ergrimmt
Man sieht daß er an nichts keinen Antheil nimmt.
Es steht ihm an der Stirn geschrieben
Daß er nicht mag eine Seele lieben.
Mir wirds so wohl in deinem Arm
So frey, so hingegeben warm,
Und seine Gegenwart schnürt mir das Innre zu.

FAUST

Du ahndungsvoller Engel du.

Margarete kommt mit dem Korb nach unten.

MARGARETE

Das übermannt mich so sehr
Daß wo er mag zu uns treten,
Meyn ich so gar ich liebte dich nicht mehr.
Auch wenn er da ist könnt ich nimmer beten.
Und das frißt mir ins Herz hinein
Dir Heinrich muß es auch so seyn.

FAUST

Du hast nun die Antipathie!

MARGARETE

Ich muß nun fort.

Sie setzt sich zu Faust.

FAUST Ach kann ich nie,
Ein Stündgen ruhig dir am Busen hängen
Und Brust an Brust und Seel an Seele drängen.

MARGARETE
Ach wenn ich nur alleine schlief
Ich lies dir gern heut Nacht den Riegel offen.
Doch meine Mutter schläfft nicht tief.
Und würden wir von ihr betroffen
Ich wär gleich auf der Stelle todt.

FAUST
Du Engel das hat keine Noth.
Hier ist ein Fläschgen und drey Tropfen nur
In ihren Tranck umhüllen
In tiefen Schlaf gefällig die Natur.

MARGARETE
Was thu ich nicht um deinet willen.
Es wird ihr hoffentlich nicht schaden!

FAUST
Würd ich sonst Liebgen dir es rathen.

MARGARETE
Seh ich dich bester Mann nur an
Weis nicht was mich nach deinem Willen treibt,
Ich habe schon für dich so viel gethan.
Daß mir zu thun fast nichts mehr übrigbleibt.

Margarete geht mit dem Wäschekorb nach links ab. Faust bleibt sitzen.
Hinten verabschieden sich Mephistopheles und Marthe. Marthe geht nach links ab. Mephistopheles kommt rechts um das Podium herum nach vorne.

MEPHISTOPHELES

Der Grasaff ist er weg!

FAUST

Hast wieder spionirt.

MEPHISTOPHELES

Ich habs ausführlich wohl vernommen.
Herr Docktor wurden da kathechisirt.
Hoff es soll ihnen wohl bekommen.
Die Mädels sind doch sehr interessirt
Ob einer fromm und schlicht nach altem Brauch,
Sie denken duckt er da, folgt er uns eben auch!

FAUST

Du Ungeheuer siehst nicht ein
Wie diese Engels liebe Seele
Von ihrem Glauben voll
Der ganz allein
Ihr seelig machend ist sich heilig quäle
Daß der nun den sie liebt verlohren werden soll.

MEPHISTOPHELES

Du übersinnlicher, sinnlicher Freyer
Ein Mägdelein nasführet dich.

FAUST

Du Spottgeburt von Dreck und Feuer!

MEPHISTOPHELES

Und die Phisiognomie versteht sie meisterlich.
In meiner Gegenwart wirds ihr sie weis nicht wie!
Mein Mäskgen da weissagt ihr borgnen Sinn,
Sie fühlt daß ich ganz sicher ein Genie
Vielleicht wohl gar ein Teufel bin.
Nun heute Nacht –?

FAUST

Was geht dich's an?

MEPHISTOPHELES

Hab ich doch meine Freude dran.

Faust nach links, Mephistopheles nach rechts ab.

17. Szene

Friedhof

Sechs Kreuze: die Wäschestangen ohne die Schnüre um die Querhölzer.
Beerdigung von Margaretes Mutter. Vier Studenten tragen von links hinten den offenen Sarg nach oben, stellen ihn vorne links ab und setzen sich unten auf die Stufe. Die vier anderen Studenten, einer mit einer Schaufel, treten von der Seite links hinzu.
Von hinten links Valentin mit dem Sargdeckel; er legt ihn nieder und kniet vor dem Sarg.
Margarete von hinten rechts, kniet rechts außen am Rande des Podiums nieder.
Valentin erhebt sich und legt den Sargdeckel auf; er beginnt, den Sarg zuzunageln.

MARGARETE

Meine Ruh ist hin
Mein Herz ist schweer
Ich finde sie nimmer
Und nimmer mehr.

Hammerschlag.

Wo ich ihn nicht hab
Ist mir das Grab,
Die ganze Welt
Ist mir vergällt.

Hammerschlag.

Mein armer Kopf
Ist mir verrückt,
Mein armer Sinn
Ist mir zerstückt.

Hammerschlag.

Meine Ruh ist hin
Mein Herz ist schweer
Ich finde sie nimmer
Und nimmer mehr.

Hammerschlag.

Nach ihm nur schau ich
Zum Fenster hinaus
Nach ihm nur geh ich
Aus dem Haus.

Hammerschlag.

Sein hoher Gang
Sein edle Gestalt
Seines Mundes Lächeln
Seiner Augen Gewalt

Hammerschlag.

Und seiner Rede
Zauberfluß
Sein Händedruck
Und ach sein Kuß.

Hammerschlag.

Meine Ruh ist hin
Mein Herz ist schweer
Ich finde sie nimmer
Und nimmer mehr.

Valentin setzt sich auf den Sarg. Er schaut zu Margarete hinüber.

Mein Schoos! Gott! drängt
Sich nach ihm hin
Ach dürft ich fassen
Und halten ihn

Und küssen ihn
So wie ich wollt
An seinen Küssen
Vergehen sollt.

Valentin steht auf, packt seinen Hammer und geht an Margarete vorbei nach hinten rechts ab.
Die vier Sargträger heben den Sarg auf und tragen ihn durch die Kreuze hindurch nach rechts hinten hinaus. Hinter ihnen vier Studenten. Sie ziehen die Kreuze heraus und tragen sie aufrecht hinaus. Wenn alle die Bühne verlassen haben, erhebt sich Margarete und folgt ihnen langsam.

18. Szene

Bügelzimmer

Margarete mit Bügeleisen und Wäsche von rechts. Sie tritt rechts an das Podium, legt die Leintücher zurecht und beginnt zu bügeln.
Darauf Marthe von links, ebenso. Sie stehen sich gegenüber und bügeln.

MARTHE
Hast nichts von Bärbelgen gehört?
MARGARETE
Kein Wort ich komm gar wenig unter Leute.
MARTHE
Gewiß Sibille sagt mirs heute!
Die hat sich endlich auch bethört.
Das ist das vornehm thun!
MARGARETE Wie so?
MARTHE Es stinckt!
Sie füttert zwey wenn sie nun ißt und trinckt.
MARGARETE
Ach.
MARTHE Ja so ists ihr endlich gegangen
Wie lang hat s' an dem Kerl gehangen!
Das war ein gespazieren
Auf Dorf und Tanzplatz führen.

Must überall die erste seyn.
Curtesirt ihr immer mit Pastetgen und Wein.
Bildt sich was auf ihre Schönheit ein.
War doch so ehrlos sich nicht zu schämen
Geschenke von ihm anzunehmen.
War ein Gekoß und ein Geschleck,
Ja da ist dann das Blümgen weg.

MARGARETE
Das arme Ding.

MARTHE Bedauer sie kein Haar
Wenn unser eins am Spinnen war
Uns Nachts die Mutter nicht runter lies
Stand sie bey ihrem Bulen süs
Auf der Thürbanck und dem dunckeln Gang
Ward ihnen keine Stund zu lang.
Da mag sie denn sich ducken nun
Im Sünderhemdgen Kirchbus thun!

MARGARETE
Er nimmt sie gewiß zu seiner Frau.

MARTHE
Er wär ein Narr. Ein flinker Jung
Hat anderwärts noch Lufft genung.
Er ist auch durch.

MARGARETE Das ist nicht schön.

MARTHE
Kriegt sie ihn solls ihr übel gehn.
Das Kränzel reißen die Buben ihr
Und Hexel streuen wir vor die Thür.

Sie packt ihre Sachen zusammen und geht nach links ab.

MARGARETE

Wie konnt ich sonst so tapfer schmälen
Wenn thät ein armes Mägdlein fehlen
Wie konnt ich über andrer Sünden
Nicht Worte gnug der Zunge finden.
Wie schien mirs schwarz und schwärzts noch gar.
Mir nimmer doch nit schwarz gnug war.
Und seegnet mich und that so gros
Und bin nun selbst der Sünde blos.

Sie hört auf zu bügeln.

Doch – alles was mich dazu trieb
Gott! war so gut! ach war so lieb!

Sie nimmt Bügeleisen und Wäsche und geht nach rechts ab.

19. Szene

Dom

Nacheinander treten von links hinten auf: zwei Studenten, sie stellen rechts außen eine Madonna auf das Holzgerüst. Sie bekreuzigen sich und knien am hinteren Rand des Podiums nieder. Zwei Studenten bringen zwei Kerzenstöcke und stellen sie links und rechts von der Madonna auf. Sie bekreuzigen sich und knien vorne links nieder. Vier Studenten knien in zwei Reihen hintereinander. Margarete, hochschwanger, wird von Marthe nach oben geführt. Beide knien vor den Kirchgängern. Zuletzt Valentin, betrunken. Er kommt links neben dem Podium nach vorne und wirft sich auf die Treppe.

CHOR (›STUDENTEN‹)

Dies irae dies illa
Solvet saeclum in favilla.

Margarete erhebt sich und geht zur Madonna. Sie kniet nieder und legt Blumen zu Füßen der Madonna.

CHOR

Iudex ergo cum sedebit
Quidquid latet adparebit
Nil inultum remanebit.

MARGARETE

Ach neige
Du schmerzensreiche
Dein Antliz ab zu meiner Noth

Das Schwert im Herzen
Mit tauben Schmerzen
Blickst auf zu deines Sohnes Tod!

Zum Vater blickst du.
Und Seufzer schickst du
Hinauf um sein und deine Noth!

Wer fühlet
Wie wühlet
Der Schmerz mir im Gebein?

Was mein armes Herz hier banget,
Was es zittert, was verlanget,
Weißt nur du, nur du allein.

Wohin ich immer gehe,
Wie Weh wie Weh wie wehe
Wird mir im Busen hier,
Ich bin ach kaum alleine
Ich wein ich wein ich weine
Das Herz zerbricht in mir.

Die Scherben vor meinem Fenster
Bethaut ich mit Trähnen ach!
Als ich am frühen Morgen
Dir diese Blumen brach

Schien hell in meine Kammer
Die Sonne früh herauf
Saß ich in allem Jammer
In meinem Bett schon auf.

Sie faßt mit beiden Händen die Madonna.

Hilf retten mich von Schmach und Todt!
Ach neige
Du schmerzensreiche
Dein Antliz ab zu meiner Noth!

Böser Geist, als Bischof verkleidet, von rechts hinten. Er tritt hinter die Madonna und legt seine Hand über ihr Gesicht.

BÖSER GEIST

Wie anders Gretgen war dirs
Als du noch voll Unschuld
Hier zum Altar tratst.
Und im verblätterten Büchelgen
Deinen Gebeten nachlalltest,
Halb Kinderspiel
Halb Gott im Herzen.
Gretgen!
Wo steht dein Kopf?
In deinem Herzen
Welche Missethat?
Betest du für deiner Mutter Seel
Die durch dich sich in die Pein hinüberschlief.
– Und unter deinem Herzen,
Schlägt da nicht quillend schon,
Brandschande Maalgeburt!
Und ängstet dich und sich

Mit ahnde voller Gegenwart.

MARGARETE

Weh! Weh!
Wär ich der Gedanken los
Die mir rüber und nüber gehn,
Wieder mich.

CHOR

Dies irae dies illa
Solvet saeclum in favilla.

BÖSER GEIST

Grimm faßt dich!
Der Posaunen Klang!
Die Gräber beben
Und dein Herz
Aus Aschenruh
Zu Flammenquaalen
Wieder aufgeschaffen
Bebt auf.

MARGARETE

Wär ich hier weg.
Mir ist als ob die Orgel mir
Den Athem versezzte
Gesang mein Herz
Im tiefsten löste.

CHOR

Iudex ergo cum sedebit
Quidquid latet adparebit
Nil inultum remanebit.

MARGARETE

Mir wird so eng
Die Mauern Pfeiler
Befangen mich

Das Gewölbe
Drängt mich! – Lufft!

BÖSER GEIST

Verbirgst du dich!
Blieben verborgen
Dein Sünd und Schand!
Lufft! Licht!
Weh dir!

CHOR *immer stärker*

Quid sum miser tunc dicturus
Quem patronum rogaturus
Cum vix iustus sit securus.

BÖSER GEIST

Ihr Antlitz wenden
Verklärte von dir ab.
Die Hände reichen
Schauerts ihnen,
Den Reinen!
Weh!

CHOR

Quid sum miser tunc dicturus

MARGARETE

Nachbarin! Euer Fläschgen!

Die Geburt setzt ein. Margarete wälzt sich unter Schreien. Marthe springt hinzu. Sie winkt den vier Kirchgängern. Sie tragen Margarete nach links hinten, legen sie nieder und setzen sich selbst auf den Boden. Marthe bekreuzigt sich und folgt ihnen. Nach links ab. Die anderen Studenten setzen sich hinten zu den übrigen. Margaretes Schreien geht über in das Lachen Valentins.

20. Szene

Nacht

Vor Margaretes Haus. Valentin vorne links auf der Stufe.

VALENTIN

Wenn ich so sas bey 'em Gelag
Wo mancher sich berühmen mag
Und all und all mir all den Flor
Der Mägdlein mir gepriesen vor
Mit vollem Glas das Lob verschwemmt
– Den Ellebogen aufgestemmt
Saß ich in meiner sichern Ruh
Hört all dem Schwadroniren zu.
Und striche lachend meinen Bart
Und kriege das volle Glas zur Hand
Und sage: alles nach seiner Art
Aber ist eine im ganzen Land
Die meiner trauten Gretel gleicht
Die meiner Schwester das Wasser reicht
Top! Top! Klang! das ging herum
Die einen schrien er hat Recht
Sie ist die Zier vom ganzen Geschlecht!
Da saßen alle die Lober stumm.
Und iezt! – das Haar sich auszurauffen
Um an den Wänden nauf zu lauffen!
Mit Stichelreden Nasenrümpfen

Soll ieder Schurke mich beschimpfen,
Soll wie ein böser Schuldner sitzen
Bey iedem Zufalls Wörtgen schwizzen!
Und sollt ich sie zusammen schmeißen
Könnt ich sie doch nicht Lügner heißen.

Er geht nach links hinten ab.
Von rechts vorne Faust und Mephistopheles. Faust bleibt stehen, schaut in Richtung der Madonna.

FAUST

Wie von dem Fenster dort der Sakristey
Der Schein der ewgen Lampe aufwärts flämmert,
Und schwach, und schwächer seitwärts dämmert,
Und Finsterniß drängt rings um bey!

Er setzt sich. Mephistopheles legt sich neben ihn auf die Stufe, den Kopf auf Fausts Schoß. Faust krault ihn.

FAUST

So siehts in diesem Busen nächtig

MEPHISTOPHELES

Und mir ists wie dem Käzlein schmächtig
Das an den Feuerleitern schleicht,
Sich leis so an die Mauern streicht.
Wär mir ganz tugendlich dabey,
Ein bisgen Diebsgelüst ein bisgen Rammeley.
Nun frisch dann zu! Das ist ein Jammer
Ihr geht nach eures Liebgens Kammer
Als gingt ihr in den Todt.

FAUST

Was ist die Himmels Freud in ihren Armen
Das Durcherschüttern Durcherwarmen?

Verdrängt es diese Seelen Noth.
Ha bin ich nicht der Flüchtling, Unbehauste,
Der Unmensch ohne Zweck und Ruh
Der wie ein Wassersturz von Fels zu Felsen brauste
Begierig wütend nach dem Abgrund zu
Und seitwärts sie mit kindlich dumpfen Sinnen
Im Hüttgen auf dem kleinen Alpenfeld
Und all ihr häusliches Beginnen
Umfangen in der kleinen Welt.
Und ich der Gott verhaßte
Hatte nicht genug
Daß ich die Felsen faßte
Und sie zu Trümmern schlug!
Sie! Ihren Frieden mußt ich untergraben,
Du Hölle wolltest dieses Opfer haben!
Hilf Teufel mir die Zeit der Angst verkürzen,
Mags schnell geschehn was muß geschehn.
Mag ihr Geschick auf mich zusammenstürzen.
Und sie mit mir zu Grunde gehn.

MEPHISTOPHELES *setzt sich auf*
Wies wieder brozzelt! wieder glüht!
Geh ein und tröste sie du Thor
Wo so ein Köpfgen keinen Ausgang sieht,
Stellt es sich gleich das Ende vor.

Faust steht auf. Geht nach links. Hält inne.

21. Szene

Margaretes Verhaftung

Nacht. Vor Margaretes Haus. Von links hinten nach vorne ein stummer Zug: vorne ein Büttel mit Amtsstab, dahinter, in einer Wanne aus Zink, das getötete neugeborene Kind von Margarete, mit einem Tuch bedeckt. Dann Margarete, gestoßen von zwei Schergen. An Faust und Mephistopheles vorbei nach hinten links und ab.

22. Szene

Nacht

Vor Margaretes Haus. Mephistopheles lehnt am Portal rechts.

FAUST Im Elend! Verzweifelnd! Erbärmlich auf der Erde lang verirrt! Als Missetäterinn im Kerker zu entsetzlichen Quaalen eingesperrt, das holde unseelige Geschöpf! Biß dahin! – Verrätherischer nichtswürdiger Geist, und das hast du mir verheimlicht! Steh nur, steh, wälze die Teuflischen Augen inngrimmend im Kopf herum, steh und truzze mir durch deine unerträgliche Gegenwart. Gefangen! Im unwiederbringlichen Elend bösen Geistern übergeben, und der richtenden gefühllosen Menschheit. Und du wiegst mich indeß in abgeschmackten Freuden ein, verbirgst mir ihren wachsenden Jammer, und lässest sie hülflos verderben.

MEPHISTOPHELES Sie ist die erste nicht!

FAUST Hund! abscheuliches Untier! – die erste nicht! *Er setzt sich vorne auf die Stufe.* Jammer! Jammer! von keiner Menschenseele zu fassen daß mehr als ein Geschöpf in die Tiefe dieses Elends sanck. Mir wühlt es Marck und Leben durch das Elend dieser einzigen und du grinsest gelassen über das Schicksaal von Tausenden hin.

MEPHISTOPHELES *tritt zu Faust* Gros Hans! nun bist du wieder am Ende deines Witzes, an dem Fleckgen wo euch Herrn das Köpfgen überschnappt. Warum machst du Gemeinschafft mit uns, wenn du nicht mit uns auswirthschafften kannst? Willst fliegen und der Kopf wird dir schwindlich. Eh! Drangen wir uns dir auf oder du uns?

FAUST Bläcke deine gefräsigen Zähne mir nicht so entgegen, mir eckelts – *Er kniet nieder.* Groser herrlicher Geist der du mir zu erscheinen würdigtest, der du mein Herz kennst und meine Seele warum mustest du mich an den Schandgesellen schmieden, der sich am Schaden weidet und am Verderben sich lezt!

MEPHISTOPHELES Endigst du!

FAUST *steht auf* Rette sie oder weh dir! Den entsezlichsten Fluch über dich auf Jahrtausende! Rette sie!

MEPHISTOPHELES Ich kann die Bande des Rächers nicht lösen, seine Riegel nicht öffnen. Rette sie –? Wer wars der sie ins Verderben stürzte? Ich oder du?

Faust springt nach oben, ergreift einen Kerzenstock und will ihn gegen Mephistopheles schleudern.

MEPHISTOPHELES Greiffst du nach dem Donner? Wohl, daß er euch elenden Sterblichen nicht gegeben ward. Ists doch das einzige Kunststück, euch in euern Verworrenheiten Lufft zu machen, daß ihr den entgegnenden Unschuldigen zerschmettert.

FAUST Bring mich hin! sie soll frey seyn!

MEPHISTOPHELES Ich führe dich, und was ich tun kann, höre! Ich hebe die Zeit auf. Ich wach und halte dir die Zauberpferde bereit. Das vermag ich.

FAUST Auf und davon.

Beide vorne rechts ab.

23. Szene

Blutgerüst (›Rabenstein‹)

Fuchs schlägt den Sprechtakt gegen das Podium.

KARDINAL

Was weben die dort um den Rabenstein?

MÖNCH

Was weben die dort um den Rabenstein?

Sie stellen den großen Tisch aufs Podium. Im Abgehen tragen sie die Kerzenstöcke und die Madonna nach unten. Kardinal stellt sich als Zuschauer ans Portal rechts.

ALTEN

Weiß nicht, was sie kochen und schaffen.

BRANDER

Weiß nicht, was sie kochen und schaffen.

Sie stellen von hinten und von rechts je eine Treppe an den Tisch. Brander beginnt zu fegen. Alten stellt sich als Zuschauer ans Portal rechts.

ABT

Schweben auf und ab.

Er stellt sich als Henkersknecht den Schleifstein auf den

Tisch, bleibt links vom Tisch neben dem Schleifstein stehen.

MÖNCH

Neigen sich beugen sich.

Er stellt den Richtpflock auf den Tisch, geht wieder vom Podium.

BISCHOF

Eine Hexenzunft! Eine Hexenzunft!

Er besteigt über die hintere Treppe als Henker den Tisch, hält das Beil an den Schleifstein.

BRANDER

Sie streuen und weihen!

ALTEN

Vorbey! Vorbey!

KARDINAL

Was weben die dort um den Rabenstein?

FUCHS

Was weben die dort um den Rabenstein?

ALTEN

Weiß nicht, was sie kochen und schaffen.

BRANDER

Weiß nicht, was sie kochen und schaffen.

ABT

Schweben auf und ab.

Er dreht am Schleifstein.

MÖNCH
Neigen sich beugen sich.

Er besteigt mit einem Korb das Podium, stellt den Korb vor den Tisch unter den Richtpflock, entnimmt ihm eine Schere, stellt sich links vom Tisch auf.

BISCHOF
Eine Hexenzunft! Eine Hexenzunft!
BRANDER
Sie streuen und weihen!
ALTEN
Vorbey! Vorbey!

Margarete besteigt von rechts das Podium, hinter ihr Siebel als Priester. Margarete kniet nieder.

KARDINAL
Was weben die dort um den Rabenstein?
BISCHOF
Eine Hexenzunft, eine Hexenzunft!
BRANDER
Weiß nicht, was sie kochen und schaffen.
BISCHOF
Eine Hexenzunft, eine Hexenzunft!
ABT
Schweben auf und ab.
BISCHOF
Eine Hexenzunft, eine Hexenzunft!
MÖNCH
Neigen sich beugen sich.

BISCHOF

Eine Hexenzunft, eine Hexenzunft!

FUCHS

Sie streuen und weihen!

BISCHOF

Eine Hexenzunft, eine Hexenzunft!

ALTEN

Vorbey! Vorbey!

Margarete wird vom Mönch geschoren.

FUCHS

Was weben die dort um den Rabenstein?

BRANDER

Weiß nicht, was sie kochen und schaffen.

ABT

Schweben auf und ab.

BRANDER

Weiß nicht, was sie kochen und schaffen.

MÖNCH

Neigen sich beugen sich.

BRANDER

Weiß nicht, was sie kochen und schaffen.

BISCHOF

Eine Hexenzunft! Eine Hexenzunft!

BRANDER

Weiß nicht, was sie kochen und schaffen.

KARDINAL

Sie streuen und weihen!

BRANDER

Weiß nicht, was sie kochen und schaffen.

Brander hört auf zu fegen. Er stellt sich zu den anderen ans Portal.

ALTEN
Vorbey! Vorbey!

Der Priester gibt Margarete die Oblate.

KARDINAL
Was weben die dort um den Rabenstein?

FUCHS
Sie streuen und weihen.

BRANDER
Weiß nicht, was sie kochen und schaffen.

FUCHS
Sie streuen und weihen!

ABT
Schweben auf und ab.

FUCHS
Sie streuen und weihen!

MÖNCH
Neigen sich beugen sich.

FUCHS
Sie streuen und weihen!

BISCHOF
Eine Hexenzunft! Eine Hexenzunft!

FUCHS
Sie streuen und weihen!

ALTEN
Vorbey! Vorbey!

Der Priester geht vom Podium, bleibt neben der Schräge rechts stehen.
Margarete, geführt von Mönch, besteigt das Blutgerüst und legt den Kopf auf den Richtpflock.

FUCHS
Was weben die dort um den Rabenstein?

ALTEN
Vorbey! Vorbey!

BRANDER
Weiß nicht, was sie kochen und schaffen.

ALTEN
Vorbey! Vorbey!

ABT
Schweben auf und ab.

ALTEN
Vorbey! Vorbey!

Faust und Mephistopheles von links.

MÖNCH
Neigen sich beugen sich.

ALTEN
Vorbey! Vorbey!

BISCHOF
Eine Hexenzunft! Eine Hexenzunft!

Der Henker holt zum Schlag aus.

ALTEN
Vorbey! Vorbey!

Mephistopheles tritt vor. Er hält die Zeit an: der Takt verstummt, das Bild erstarrt.
Mephistopheles nach links ab. Faust tritt vor.

24. Szene

Blutgerüst

FAUST Es faßt mich längstverwohnter Schauer. Inneres Grauen der Menschheit. Hier! Hier! –

MARGARETE *den Kopf auf dem Pflock*

Meine Mutter die Hur
Die mich umgebracht hat
Mein Vater der Schelm
Der mich gessen hat
Mein Schwesterlein klein
Hub auf die Bein
An einen kühlen Ort,
Da ward ich ein schönes Waldvögelein
Fliege fort! Fliege fort!

FAUST Auf! – Dein Zagen zögert den Tod heran!

MARGARETE Weh! Weh! sie kommen. Bittrer Todt!

FAUST Still! Ich komme dich zu befreyn.

MARGARETE Weg! Um Mitternacht! Hencker, ist dirs morgen frühe nicht zeitig gnug?

FAUST Laß!

MARGARETE *wälzt sich vor ihn hin* Erbarme dich mein und laß mich leben! Ich bin so iung, so iung, und war schön und bin ein armes iunges Mädgen. Sieh nur einmal die Blumen an, sieh nur einmal die Kron. Erbarme dich mein!

Sie stützt die Hände auf den Pflock. Lehnt sich vorneüber, Faust entgegen.

MARGARETE Was hab ich dir getan? Hab dich mein Tage nicht gesehn.

FAUST Sie verirrt und ich vermags nicht.

Margarete kommt über die Treppe rechts herunter. Zum Korb. Hebt das Stroh auf.

MARGARETE Sieh das Kind! Muß ichs doch träncken. Da hatt ichs eben! Da! Ich habs getränckt! Sie nahmen mirs, und sagen ich hab es umgebracht, und singen Liedger auf mich! – Es ist nicht wahr – es ist ein Mährgen, das sich so endigt, es ist nicht auf mich daß sies singen.

FAUST Gretgen!

MARGARETE *kauert beim Korb* Wo ist er! Ich hab ihn rufen hören! er rief Gretgen! Er rief mir! Wo ist er! Ach durch all das Heulen und Zähnklappen erkenn ich ihn, er ruft mir: Gretgen! Mann! Mann! Gieb mir ihn schaff mir ihn! Wo ist er!

FAUST Meine Liebe! Meine Liebe!

Er tritt näher ans Podium. Er setzt einen Fuß auf die Treppe.

FAUST Auf meine Liebe! Dein Mörder wird dein Befreyer. Auf – Komm, wir entgehen dem schröcklichen Schicksaal.

Faust steigt nach oben. Er bleibt am Rand des Podiums stehen. Margarete kniet beim Korb.

MARGARETE Küsse mich! Küsse mich!

FAUST Tausendmal! Nur eile Gretgen eile!

MARGARETE Küsse mich! Kannst du nicht mehr küssen? Wie! Was! Bist mein Heinrich und hasts Küssen verlernt! Wie sonst ein ganzer Himmel mit deiner Umarmung gewaltig über mich eindrang. Wie du küßtest als wolltest du mich in wollüstigem Todt ersticken. *Sie steht auf. Zu Faust* Heinrich küsse mich, sonst küß ich dich. *Sie küßt ihn.* Weh! Deine Lippen sind kalt! tot! Antworten nicht!

FAUST *faßt sie an den Armen, schüttelt sie* Folge mir, ich herze dich mit tausendfacher Glut. Nur folge mir.

Margarete setzt sich und bleibt eine Zeitlang stille.

MARGARETE Heinrich, bist dus?

FAUST Ich bins, komm mit!

MARGARETE Ich begreiffs nicht! Du? Die Fesseln los! Befreyst mich. Wen befreyst du? Weist du's?

FAUST Komm! Komm!

MARGARETE Meine Mutter hab ich umgebracht! Mein Kind hab ich ertränckt. Dein Kind! Heinrich! – Groser Gott im Himmel soll das kein Traum seyn! Deine Hand Heinrich! – Sie ist feucht –

Faust läßt Margarete langsam los.

MARGARETE Wische sie ab ich bitte dich! Es ist Blut dran – Mein Kopf ist verrückt.

FAUST Du bringst mich um.

MARGARETE Nein du sollst überbleiben, überbleiben von allen. Wer sorgt für die Gräber! *Sie geht nach rechts vorne an den Rand des Podiums.* So in eine Reihe ich bitte dich, neben die Mutter mich und mein Kleines an die rechte Brust. *Sie kauert vor den Gräbern und blickt unverwandt nach vorne.* Gib mir die Hand drauf du bist mein Heinrich.

FAUST Fühlst du mich! Hörst du mich! komm ich bins ich befreye dich.

MARGARETE Da hinaus.

FAUST Freyheit!

MARGARETE Da hinaus! Nicht um die Welt. Ist das Grab draus, komm! Lauert der Todt! komm. Von hier ins ewige Ruhe Bett weiter nicht einen Schritt. Ach Heinrich könnt ich mit dir in alle Welt.

FAUST Der Kerker ist offen säume nicht.

MARGARETE Sie lauren auf mich an der Strase am Wald.

FAUST Hinaus! Hinaus!

MARGARETE *kauert in derselben Stellung* Ums Leben nicht – Siehst dus zappeln! Rette den armen Wurm er zappelt noch! – Fort! geschwind! Nur übern Steg, gerad in Wald hinein links am Teich wo die Planke steht. Fort! rette! rette!

FAUST Rette! Rette dich!

MARGARETE Wären wir nur den Berg vorbey, da sizt meine Mutter auf einem Stein und wackelt mit dem Kopf! Sie winckt nicht sie nickt nicht, ihr Kopf ist ihr schweer. Sie sollt schlafen, daß wir könnten wachen und uns freuen beysammen.

Faust macht keine Bewegung.

MARGARETE *schnellt auf* Ich schreye laut, laut daß alles erwacht.

FAUST Der Tag graut. O Liebgen! Liebgen!

MARGARETE Tag! Es wird Tag! der lezte Tag! Der Hochzeit Tag! – Sags niemand daß du die Nacht vorher bey Gretgen warst. – Mein Kränzgen! – Wie sehn uns wieder! – *Sie geht langsam zurück zum Gerüst. Sie steigt die Treppe hinauf. Faust geht zurück, auf die Treppe links.* Hörst du die Bürger schlürpfen nur über die Gassen! Hörst du! Kein lautes Wort. Die Glocke ruft! *Sie steht oben auf dem Gerüst. Sie spricht zum Henker.* Krack das Stäbgen bricht! – Es zuckt in iedem Nacken die Schärfe die nach meinem zuckt! – Die Glocke hör.

Mephistopheles von hinten links.

MEPHISTOPHELES Auf, oder ihr seid verloren! Meine Pferde schaudern, der Morgen dämmert auf.

Margarete hält sich am Henker. Sie fleht ihn an.

MARGARETE Der! der! Laß ihn, schick ihn fort! der will mich! Nein! Nein! Gericht Gottes komm über mich, dein bin ich! rette mich! Nimmer nimmermehr!

Sie umfaßt den Pflock und legt ihren Kopf darauf.
Mephistopheles steht zwischen ihr und Faust.

MARGARETE Ihr heiligen Engel bewahret meine Seele – mir grauts vor dir Heinrich.

Faust nach links ab.
Mephistopheles vorne links.

MEPHISTOPHELES Sie ist gerichtet!

Mephistopheles nach links ab. Der Henker läßt das Beil fallen.

Vorhang.

Büchners
Woyzeck
Zürcher Fassung

Personen

Woyzeck
Marie
Tambourmajor
Doktor
Hauptmann
Andres
Margret
Großmutter
Narr
Budenbesitzer
Jude
Erster Handwerksbursch
Zweiter Handwerksbursch
2 Soldaten
Wirt
Trommler
Frau des Budenbesitzers
Alter Mann mit Leierkasten
Volk

Hintergrund und Seiten der Bühne grauschwarz, rechts und links je eine schmale, hohe mittelgraue Seitenkulisse. Hinter der vertikal beweglichen Rückwand befinden sich 2 Wagen – Podeste auf Rädern –, die mit ihrer Breitseite je die Hälfte der Bühnenbreite einnehmen und auf die die für die betreffenden Szenen benötigten Requisiten aufgestellt werden.

Uraufführung im Schauspielhaus Zürich
am 17. Februar 1972

Bild 1

Freies Feld.
Leere Bühne. Rechts Andres, sortiert Stecken, läßt sie prüfend durch die Luft sausen.
Woyzeck langsam von links hinten mit einem Bündel Stecken. Bleibt nach wenigen Schritten stehen.

WOYZECK Ja, Andres, der Platz ist verflucht. *Läßt das Bündel fallen.* Siehst du den lichten Streif da über das Gras hin, wo die Schwämme so nachwachsen? Da rollt abends der Kopf. Es hob ihn einmal einer auf, er meint', es wär ein Igel. Drei Tag und drei Nächt, und er lag auf den Hobelspänen. *Leise* Andres, das waren die Freimaurer! Ich hab's heraus!

ANDRES Es wird finster, fast macht Ihr einem Angst. *Singt*

Saßen dort zwei Hasen,
fraßen ab das grüne, grüne Gras,
fraßen ab das grüne –

WOYZECK Still! Hörst du's, Andres? Hörst du's, es geht was!

Andres beschäftigt sich mit den Stecken und singt weiter.

ANDRES

Fraßen ab das grüne, grüne Gras
bis auf den Rasen.

WOYZECK Es geht hinter mir, unter mir. Die Erde schwankt unter unseren Sohlen. *Stampft auf den Boden.* Hohl, hörst du? Alles hohl da unten! Die Freimaurer!

ANDRES Ich fürcht mich.

WOYZECK Es ist so kurios still. Man möcht den Atem anhalten. – Andres!

ANDRES Was?

WOYZECK Red was! *Starrt nach hinten.* Andres! Wie hell! Über der Stadt ist alles Glut! Ein Feuer fährt um den Himmel und ein Getös herunter wie Posaunen. Wie's heraufzieht! *Andres schaut vorsichtig nach hinten.* Sieh nicht hinter dich!

Andres zieht erschreckt den Kopf ein.

ANDRES *nach einer Pause* Hörst du's noch, Woyzeck?

WOYZECK Still, alles still, als wär die Welt tot.

Trommeln.

ANDRES Hörst du? Sie trommeln in der Stadt. Wir müssen fort!

Sie ergreifen ihre Stecken. Andres schnell ab links vorn. Woyzeck zögernd hinterher.

Bild 2

Maries Stube. Rechts Bett, Fußende zum Zuschauerraum, links daneben ein Wandschirm, eine Wiege, links Tisch mit zwei Stühlen.
Marschmusik. Wagen mit Maries Stube wird vorgerollt. Narr sitzt am Boden zwischen Tisch und Wiege, Großmutter links am Tisch, verliest Erbsen. Bleibt teilnahmslos.
Von rechts hinten Marie, das Kind wippend auf dem Arm, und Margret.

MARIE He, Bub! Sa ra ra ra! Hörst? Da kommen sie!

Bleiben links vorn stehen, blicken über die Rampe. Marie links, Margret rechts.

MARGRET Was ein Mann, wie ein Baum!
MARIE Er steht auf seinen Füßen wie ein Löw.

Musik leiser. Margret tritt zu Marie.

MARGRET Ei, was freundliche Augen, Frau Nachbarin! So was ist man an ihr nit gewöhnt.
MARIE *singt*
Soldaten, das sind schöne Bursch –
MARGRET *links neben Marie* Ihre Auge glänze ja noch –
MARIE Und wenn! Trag Sie Ihre Auge zum Jud und laß

Sie sie putzen, vielleicht glänzen sie noch, daß man sie für zwei Knöpf verkaufen könnt.

MARGRET Was, Sie? Sie? Frau Jungfer! Ich bin eine honette Person, aber Sie, es weiß jeder, Sie guckt sieben Paar lederne Hose durch! *Links vorn ab.*

MARIE Luder! – Komm, mei Bub! Was die Leut wollen. Bist doch nur ein arm Hurenkind und machst deiner Mutter Freud mit deinem unehrlichen Gesicht!

Geht in die Stube durch die gedachte Tür links vorn, legt Kind in die Wiege, bettet das Bett, singt dabei. Narr wiegt Kind, freut sich über Gesang.

MARIE

Mädel, was fängst du jetzt an?
Hast ein klein Kind und kein Mann!
Ei, was frag ich danach?
Sing ich die ganze Nacht
Heio, popeio, mei Bub, juchhe!
Gibt mir kein Mensch nix dazu.

Woyzeck kommt hastig von links vorn mit einem Bündel Stecken, setzt sich erschöpft auf die ›Türschwelle‹.

MARIE Wer da? Bist du's, Franz? Komm herein!

WOYZECK Kann nit. Muß zum Verles.

Marie geht zum Tisch, füllt einen Teller.

MARIE Hast du Spießruten geschnitten für den Hauptmann?

WOYZECK Ja, Marie.

Marie reicht Woyzeck Teller und Löffel.

MARIE Was hast du, Franz? Du siehst so verstört.

Woyzeck ißt einige Löffel Erbsen, stellt angewidert Teller weg.

WOYZECK Marie, es war wieder was, viel! Steht nicht geschrieben: Und sieh, da ging ein Rauch vom Land, wie der Rauch vom Ofen!

MARIE Mann!

WOYZECK Es ist hinter mir hergangen bis vor die Stadt. Etwas, was wir nicht fassen, begreifen, was uns von Sinnen bringt. Was soll das nur werden?

MARIE Franz!

WOYZECK *steht auf* Ich muß fort. Muß zum Verles. Heut abend, Marie, ich hab wieder was gespart.

Wie in Hetze mit Bündel rechts vorn ab.
Marie stellt Teller auf Tisch, setzt sich aufs Bett.

MARIE Der Mann! So vergeistert! Er hat sein Kind nicht angesehn! Er schnappt noch über mit seinen Gedanken! – Was bist so still, Bub? Fürchst dich? Es wird so dunkel! Man meint, man wär blind. Sonst scheint die Latern herein. Ich halt's nicht aus! es schaudert mich!

NARR Und macht die Wiege knickknack – Schlaf wohl, mein kleiner Dicksack.

Verwandlung: Rückwand hoch, Stube nach links hinten, zur gleichen Zeit Doktorzimmer nach vorn Mitte, gerade.

Bild 3

Doktorzimmer. Rechts Waschtisch, Mitte Untersuchungstisch, darauf Woyzeck mit nacktem Oberkörper, Füße zum Zuschauerraum, links kleiner Tisch mit Flaschen, Mikroskop, einer großen gefüllten Urinflasche etc., Stuhl dahinter.
Gleichzeitig während der Verwandlung kommt Doktor von rechts vorn, geht nach links vorn, dabei den Boden betrachtend, bleibt stehen, schaut auf linke Wand.

DOKTOR *ruft laut* Was erleb ich, Woyzeck? Ein Mann von Wort!

WOYZECK *richtet sich auf* Was denn, Herr Doktor?

Doktor rechts vorn ab, tritt rechts hinten wieder auf, geht ins Zimmer zum Waschtisch, wäscht sich die Hände.

DOKTOR Ich hab's gesehn, Woyzeck. Er hat auf die Straße gepißt, an die Wand gepißt, wie ein Hund! *Trocknet sich die Hände, dreht sich zu Woyzeck.* Geb ihm dafür drei Groschen täglich und Kost! *Setzt sich rechts neben Woyzeck, legt Arm um ihn.* Woyzeck, das ist schlecht, die Welt wird schlecht, sehr schlecht!

WOYZECK Aber Herr Doktor, wenn einem die Natur kommt.

DOKTOR Die Natur kommt, die Natur kommt! Aberglaube, abscheulicher Aberglaube. Die Natur! Hab ich nicht nachgewiesen, daß der Musculus constrictor vesicae dem Willen unterworfen ist? Die Natur! *Missionarisch* Woyzeck, der Mensch ist frei, in dem Menschen verklärt sich die Individualität zur Freiheit. *Steht auf, klopft Woyzeck den Rücken ab.* Den Harn nicht halten können! *Drückt Woyzeck zum Liegen, geht nach links, befühlt dessen Bauch.* Hat Er schon seine Erbsen gegessen, Woyzeck? Nichts als Erbsen, nichts als Hülsenfrüchte? *Setzt sich an den Tisch, schreibt.* Cruciferae, merk Er sich's. Nächste Woche fangen wir mit Hammelfleisch an. *Steht auf, ergreift Urinflasche, schüttelt sie triumphierend.* Es gibt eine Revolution in der Wissenschaft, ich sprenge sie in die Luft. Harnstoff 0,10, salzsaures Ammonium, Hyperoxydul – Woyzeck, muß Er nicht wieder pissen? *Reicht Woyzeck ein Uringlas.* Geh Er einmal hinein und probier Er's!

WOYZECK Ich kann nit, Herr Doktor.

DOKTOR *reagiert heftig, springt auf* Aber an die Wand pißen! Ich hab's schriftlich, den Akkord in der Hand! – Ich hab's gesehn, mit diesen Augen gesehn, ich steckt grade die Nase zum Fenster hinaus und ließ die Sonnenstrahlen hineinfallen, um das Niesen zu beobachten. *Geht nach rechts, bleibt neben Woyzeck stehen.* Hat er mir Frösche gefangen? Keinen Laich? Keinen Süßwasserpolyp? Keine Hydra? Bestellen? Cristatellen?

Woyzeck, der zu diesen Fragen hilflos den Kopf schüttelte oder die Achseln hob, steht nach links auf. Doktor eilt zum Tisch.

DOKTOR Stoß er mir nicht das Mikroskop! *Woyzeck zieht*

sich an, Doktor setzt sich vors Mikroskop. Ich habe eben den dicken Backenzahn von einem Infusionstier darunter. Woyzeck, keine Spinneneier, keine Kröteneier. *Heftig* Aber an die Wand pißen! *Lehnt sich zurück, wird bei den folgenden Worten ruhiger, zufriedener.* Nein, Woyzeck, ich ärgere mich nicht. Ärger ist ungesund, ist unwissenschaftlich. Ich bin ruhig, ganz ruhig; mein Puls hat seine gewöhnlichen 60, und ich sag's Ihm mit der größten Kaltblütigkeit. Behüte, wer wird sich über einen Menschen ärgern, einen Menschen! Wenn es noch ein Proteus wäre, der einem krepiert! *Heftig* Aber, Woyzeck, Er hätte doch nicht an die Wand pissen sollen!

WOYZECK *steht angezogen vor dem Doktor* Sehn Sie, Herr Doktor, manchmal hat einer so 'nen Charakter, so 'ne Struktur. Aber mit der Natur ist's was anderes, sehn Sie, mit der Natur – *Doktor beobachtet ihn erfreut* – das is so was, wie soll ich doch sagen, zum Beispiel –

DOKTOR Woyzeck, Er philosophiert wieder.

WOYZECK *vertraulich* Herr Doktor, haben Sie schon was von der doppelten Natur gesehn? *Setzt sich links aufs Bett.* Wenn die Sonn in Mittag steht, und es ist, als ging die Welt in Feuer auf, hat schon eine fürchterliche Stimme zu mir geredt!

DOKTOR Woyzeck, Er hat eine Aberratio.

WOYZECK *legt den Finger an die Nase* Die Schwämme, Herr Doktor, da, da steckts. Haben Sie schon gesehn, in was für Figuren die Schwämme auf dem Boden wachsen? Wer das lesen könnt!

DOKTOR *begeistert* Woyzeck, Er hat die schönste Aberratio mentalis partialis, zweite Spezies, sehr schön ausgeprägt. Woyzeck, Er kriegt Zulage. *Schreibt. Woyzeck nach rechts.* Zweite Spezies: fixe Idee mit allgemein vernünftigem Zustand. – Er tut noch alles wie sonst? Rasiert seinen Hauptmann?

WOYZECK *steht stramm* Jawohl, Herr Doktor.

DOKTOR Ißt seine Erbsen?

WOYZECK Immer ordentlich, Herr Doktor. Das Geld für die Menage kriegt meine Frau.

DOKTOR Tut seinen Dienst?

WOYZECK Jawohl, Herr Doktor.

DOKTOR Er ist ein interessanter Kasus. Subjekt, Woyzeck, Er kriegt Zulage, halt Er sich brav! Zeig Er seinen Puls, Woyzeck.

Doktor steht auf, ergreift über den Untersuchungstisch hinweg mit seiner Linken Woyzecks rechtes Handgelenk, holt mit seiner Rechten eine Uhr aus der Tasche.

DOKTOR *mit Triumph* Meine neue Theorie: Kühn, ewig, jugendlich. Ich werde unsterblich! *Setzt sich an den Tisch, schreibt. Winkt Woyzeck zum Gehen.* Ja – *Woyzeck rechts vorne ab.*

Verwandlung: Rückwand hoch, Doktorzimmer nach rechts hinten, zur gleichen Zeit Jahrmarktsbude vor, links, sehr schräg gestellt.

Bild 4

Bude. Vorhang geschlossen. Davor Budenbesitzer. Dessen Frau und Trommler nehmen die beiden langen Bänke vom Wagen, stellen sie vor diesem auf.
Während der Verwandlung kommt von links vorn, spielend und singend, alter Mann mit Leierkasten, bleibt nach wenigen Schritten stehen.
Gleichzeitig Woyzeck und Marie von rechts vorn, halten sich umfaßt, schlendern zur Bude, dann zum alten Mann.

ALTER MANN

Auf der Welt ist kein Bestand,
Wir müssen alle sterben.

Woyzeck und Marie bleiben vor dem alten Mann stehen.

Das ist uns wohlbekannt.
Wir müssen alle sterben.

WOYZECK Hei, Hopsa! – Armer Mann, alter Mann! Sorgen und Feste! Ein Mensch muß erst auf den Narrenverstand, damit er selbst keinen Narren vorstellt. *Woyzeck holt Geld hervor, Marie gibt es dem alten Mann.* Schöne Welt!

Alter Mann nach rechts herum, bleibt leise spielend im Hintergrund.
Woyzeck und Marie drehen sich herum, blicken auf Bude. Inzwischen kamen Leute von rechts vorn, Mitte, hinten. Budenbesitzer führt kostümierten Affen vor.

Die nun folgenden Vorführungen werden von Trommelwirbeln begleitet und von den Zuschauern beklatscht.

BUDENBESITZER Mesdames et Messieurs, meine Damen und Herren! Sehn Sie die Kreatur, wie sie Gott gemacht: nix, gar nix. Sehn Sie jetzt die Kunst: geht aufrecht, hat Rock und Hosen, hat ein' Säbel! Der Aff ist Soldat. 's ist noch nicht viel, unterste Stuf von menschliche Geschlecht. Ho! Mach Kompliment! So – bist Baron. Gib Kuß! *Affe beginnt auf einer Trompete die Marseillaise zu blasen.* Wicht ist musikalisch. – Meine Damen und Herren, hier ist zu sehen das astronomische Pferd und die kleine Kanaillevögele. Sind Favorit von alle gekrönte Häupter Europas, verkündigen den Leuten alles: wie alt, wieviel Kinder, was für Krankheit. Die Repräsentationen anfangen! *Springt herunter, sammelt Geld ein, Leute setzen sich.* Es wird sogleich sein das Commencement von Commencement. *Geht zu Woyzeck und Marie.*

WOYZECK Willst du?

MARIE Meinetwegen. Das muß schön Dings sein. *Woyzeck zahlt, sie gehen auf ihre Plätze zu, links in der zweiten Reihe.* Was der Mensch Quasten hat! Und die Frau hat Hosen! *Sie setzen sich.*

Bei Maries letztem Satz kommen hastig Tambourmajor, dahinter Soldat von rechts vorn, bleiben stehen.

TAMBOURMAJOR Halt jetzt! Siehst du sie? Was ein Weibsbild!

SOLDAT Teufel! Zum Fortpflanzen von Kürassierregimentern!

TAMBOURMAJOR Und zur Zucht von Tambourmajors!

SOLDAT Wie sie den Kopf trägt! Man meint, das Haar müßt sie abwärts ziehn wie ein Gewicht. Und Augen –

TAMBOURMAJOR Als ob man in ein Ziehbrunnen oder zu einem Schornstein hinunterguckt. *Budenbesitzer sammelt bei ihnen Geld ein.* Fort, hinterdrein!

Soldat setzt sich rechts. Tambourmajor geht von links durch die Bankreihen, vorbei an Woyzeck, der aufsteht und salutiert, und Marie, die zu ihm aufsieht, setzt sich einige Plätze weiter hin. Dabei wird Leierkastenmusik im Hintergrund vorübergehend lauter.

ALTER MANN

Auf der Welt ist kein Bestand.
Wir müssen alle sterben.

Bild 5

Vorhang der Bude öffnet sich. Trommelwirbel. Links Trommler, dahinter Frau, in der Mitte ein Pferd, davor Budenbesitzer. Bei den Vorführungen Trommelwirbel und Klatschen wie bei vorigem Bild.

MARIE Was Licht!

WOYZECK Und schwarze Katzen mit feurige Augen. Hei, was ein Abend!

BUDENBESITZER *führt Pferd vor* Zeig dein Talent! Zeig deine viehische Vernünftigkeit! Beschäme die menschliche Sozietät! Meine Damen und Herren, dies Tier, was Sie da sehn, Schwanz an Leib, auf seine vier Hufe, ist Mitglied von alle gelehrte Sozietät, ist Professor an unsre Universität, wo die Studente bei ihm reiten und schlagen lernen. – *Pferd wiehert.* Das war einfacher Verstand. Denk jetzt mit der doppelten Raison! Was machst du, wenn du mit der doppelten Raison denkst?

PFERD Ia, ia, ia.

BUDENBESITZER Ist unter der gelehrten Société da ein Esel? *Pferd schüttelt den Kopf.* Sehen Sie jetzt die doppelte Raison? Das ist Viehsionomik. Ja, das ist kein viehdummes Individuum, das ist ein Person, ein Mensch, ein tierischer Mensch – und doch ein Vieh, ein Bête.

Das Pferd mistet, Trommler fegt auf, Budenbesitzer zeigt die Schaufel mit den Pferdeäpfeln herum.

BUDENBESITZER So, beschäme die Société. Sehn Sie, das Vieh ist noch Natur, unideale Natur! Lernen Sie bei ihm! Fragen Sie den Arzt, es ist sonst höchst schädlich! Das hat geheißen: Mensch, sei natürlich! Du bist geschaffen aus Staub, Sand, Dreck. Willst du mehr sein als Staub, Sand, Dreck? – Sehn Sie, was Vernunft: Es kann rechnen und kann doch nicht an den Fingern herzählen. Warum? Kann sich nur nicht ausdrücken, nur nicht explizieren, ist ein verwandelter Mensch. Sag den Herren, wieviel Uhr es ist! Wer von den Herren und Damen hat ein Uhr? ein Uhr?

SOLDAT Eine Uhr? *Steht auf, zieht großartig und gemessen eine Uhr aus der Tasche.* Da, mein Herr!

MARIE Das muß ich sehn.

Sie steigt auf die Bank, Tambourmajor hilft ihr.

TAMBOURMAJOR Das ist ein Weibsbild!

Pferd stampft mit dem Fuß. Alle zählen mit. Als der letzte Schlag ausbleibt, stampft Budenbesitzer mit dem Fuß. Gelächter, Trommeln, Klatschen. Leute nach rechts, Woyzeck und Marie nach links vorn ab.

TAMBOURMAJOR Fort, hinterdrein! *Er und Soldat nach links vorn ab.*

Wenn alle gegangen sind, kommt alter Mann von links hinten vor, spielt und singt sein Lied. Nach rechts vorn ab. Gleichzeitig Verwandlung.

Bild 6

Beim Hauptmann. Wagen gerade in der Mitte.
Sofa mit Rücklehne, links davon Stuhl. Darauf und davor Flaschen, ein Trinkgefäß, damit hantiert Hauptmann während der folgenden Szene. An der Stuhllehne hängt Jacke des Hauptmanns. Rechts ein Tisch mit Utensilien zum Rasieren. Dahinter steht Woyzeck, schärft Rasiermesser. Auf dem Sofa liegt Hauptmann, Kopf links. Er ist verdeckt durch ein großes Bettuch.
Woyzeck schaut ab und zu auf Sofa. Als sein Wetzen schneller wird, reißt sich Hauptmann das Tuch vom Kopf.

HAUPTMANN Langsam, Woyzeck, langsam; eins nach dem andern!

Bedeckt sich wieder. Richtet sich dann auf zum Sitzen, taucht seine Hand in Sektkübel, der vor dem Sofa steht, benetzt seine Augen.

HAUPTMANN Er macht mir ganz schwindlig. Was soll ich dann mit den zehn Minuten anfangen, die Er heut zu früh fertig wird?

Woyzeck beginnt einzuseifen. Beim folgenden Rasieren und Haareschneiden steht er stets hinter dem Hauptmann.

HAUPTMANN Woyzeck, bedenk Er: Er hat noch seine schöne dreißig Jahr zu leben, dreißig Jahr! Macht dreihundertsechzig Monate! und Tage! Stunden! Minuten! Was will Er denn mit der ungeheuren Zeit all anfangen? Teil Er sich ein, Woyzeck!

WOYZECK Jawohl, Herr Hauptmann. *Beginnt zu rasieren.*

HAUPTMANN Es wird mir ganz angst um die Welt, wenn ich an die Ewigkeit denke. Beschäftigung, Woyzeck, Beschäftigung! Ewig: das ist ewig, das ist ewig – das siehst du ein. Nun ist es aber wieder nicht ewig, und das ist ein Augenblick, ja, ein Augenblick. *Woyzeck hantiert am Tisch.* Woyzeck, es schaudert mich, wenn ich denke, daß sich die Welt in einem Tag herumdreht! Was für eine Zeitverschwendung! Wo soll das hinaus? Woyzeck, ich kann kein Mühlrad mehr sehen, oder ich werd melancholisch.

WOYZECK *kommt mit Schere* Jawohl, Herr Hauptmann.

HAUPTMANN Woyzeck, Er sieht immer so verhetzt aus! Ein guter Mensch tut das nicht, ein guter Mensch, der sein gutes Gewissen hat. *Woyzeck schneidet ihm den Bart.* Red Er doch was, Woyzeck! Was ist heut für Wetter?

WOYZECK Schlimm, Herr Hauptmann, schlimm: Wind!

Woyzeck hantiert am Tisch, Hauptmann legt sich ächzend hin.

HAUPTMANN Ja, ich spür's schon, 's ist so was Geschwindes draußen, so ein Wind macht mir den Effekt wie eine Maus. *Pfiffig* Ich glaub, wir haben so was aus Süd-Nord?

WOYZECK Jawohl, Herr Hauptmann.

HAUPTMANN *setzt sich vergnügt auf* Hahaha! Süd-Nord! Hahaha! Oh, Er ist dumm, ganz abscheulich dumm! *Gerührt* Woyzeck, Er ist ein guter Mensch – ein guter Mensch. *Mit Würde, während er sich Stiefel anzieht* Aber, Woyzeck, Er hat keine Moral! Moral, das ist, wenn man moralisch ist, versteht Er. *Nachdenklich* Es ist ein gutes Wort. *Vorwurfsvoll* Er hat ein Kind ohne den Segen der Kirche, wie unser hochehrwürdiger Herr Garnisonsprediger sagt, – ohne den Segen der Kirche! Es ist nicht von mir.

WOYZECK Herr Hauptmann, der liebe Gott wird den armen Wurm nicht drum ansehen, ob das Amen drüber gesagt ist, eh er gemacht wurde. Der Herr sprach: Lasset die Kleinen zu mir kommen.

HAUPTMANN Was sagt Er da? Was ist das für eine kuriose Antwort? Er macht mich ganz konfus mit seiner Antwort. Wenn ich sag: Er, so mein ich Ihn, Ihn –

WOYZECK Wir arme Leut – sehn Sie, Herr Hauptmann: Geld, Geld! Wer kein Geld hat – da setz einmal einer seinesgleichen auf die Moral in die Welt! Man hat auch sein Fleisch und Blut. Unsereins ist doch einmal unselig in der und der andern Welt. Ich glaub, wenn wir in Himmel kämen, so müßten wir donnern helfen.

HAUPTMANN Woyzeck, Er hat keine Tugend! Er ist kein tugendhafter Mensch! *Woyzeck bürstet ihm die Haare.* Er ist kein tugendhafter Mensch! Fleisch und Blut? Wenn ich am Fenster lieg, wenn's geregnet hat, und den weißen Strümpfen so nachseh, wie sie über die Gassen springen – verdammt, Woyzeck, da kommt mir die Liebe! Ich hab auch Fleisch und Blut. *Woyzeck zum Tisch.* Aber, Woyzeck, die Tugend! Die Tugend!

Wie sollte ich dann die Zeit herumbringen? Ich sag mir immer: Du bist ein tugendhafter Mensch – *Schneuzt sich gerührt* – ein guter Mensch, ein guter Mensch.

WOYZECK Ja, Herr Hauptmann, die Tugend – ich hab's noch nit so aus. Sehn Sie: wir gemeine Leut, das hat keine Tugend, es kommt einem nur so die Natur; aber wenn ich ein Herr wär und hätt ein Hut und eine Uhr und könnt vornehm reden, ich wollt schon tugendhaft sein. Es muß was Schönes sein um die Tugend, Herr Hauptmann. Aber ich bin ein armer Kerl!

Hauptmann zieht Woyzeck neben sich auf das Sofa, legt Arm um ihn.

HAUPTMANN Gut, Woyzeck. Du bist ein guter Mensch, ein guter Mensch. *Küßt Woyzeck.* Aber du denkst zuviel, das zehrt; du siehst immer so verhetzt aus. *Steht auf, Woyzeck hilft ihm beim Anziehen der Jacke, erhält Trinkgeld.* Der Diskurs hat mich ganz angegriffen. Geh jetzt – *Woyzeck setzt seine Mütze auf, rennt nach rechts vorn weg. Hauptmann geht einige Schritte nach* – und renn nicht so. *Kehrt um, geht stolpernd nach links.* Langsam, hübsch langsam die Straße hinunter.

Prallt auf Marie und Tambourmajor, die vorn links auftreten. Sie lassen ihn zwischen sich hindurch, sie grüßen, Marie knickst. Dabei Verwandlung.

Bild 7

Tambourmajor und Marie gehen in Maries Stube. Links am Tisch Großmutter, wäscht Wäsche, sonst teilnahmslos. Narr am Boden, schaukelt Wiege. Marie halb sitzend am Bett, links Tambourmajor, blickt in der Folge ab und zu auf das ›Milieu‹.

TAMBOURMAJOR Marie!

MARIE *ihn ansehend, mit Ausdruck* Geh einmal vor dich hin!

Er geht einmal stolz hin und her, Narr klopft mit Kochlöffel den Takt.

MARIE Über die Brust wie ein Rind und ein Bart wie ein Löw. So ist keiner! – Ich bin stolz vor allen Weibern.

TAMBOURMAJOR Wenn ich am Sonntag erst ein großen Federbusch hab und die weißen Handschuh, Donnerwetter! Der Prinz sagt immer: Mensch, Er ist ein Kerl!

MARIE *spöttisch* Ach was! *bewundernd* Mann!

TAMBOURMAJOR Und du bist auch ein Weibsbild! Sapperment, wir wollen eine Zucht von Tambourmajors anlegen. He?

Er will Marie umfassen. Sie wehrt ihn ab.

MARIE *verstimmt* Laß mich!

TAMBOURMAJOR Wild Tier!
MARIE *heftig* Rühr mich an!

Sie starren sich an. Er versteht plötzlich, legt Koppel, Jacke, Mütze ab, legt sich ins Bett.

TAMBOURMAJOR Sieht dir der Teufel aus den Augen?

Marie blickt auf Familie.

MARIE Meinetwegen! Es ist alles eins!

Sie nimmt ihr Tuch ab, stellt Wandschirm vors Bett, legt sich.
Verwandlung.

Bild 8

Hof des Doktors. Leere Bühne. Rechts eine hohe Leiter. Links, schräg zum Publikum, vier Studenten in einer Reihe. Doktor klettert mit einer Katze auf die Leiter. Woyzeck steht, halb schlafend, links davor.

DOKTOR Meine Herren, ich bin auf dem Dach wie David, als er die Bathseba sah; aber ich sehe nichts als die culs de Paris der Mädchenpension im Garten trocknen. *Studenten lachen.* Meine Herren, wir sind an der wichtigen Frage über das Verhältnis des Subjekts zum Objekt. Wenn wir nur eins von den Dingen nehmen, worin sich die organische Selbstaffirmation des Göttlichen auf einem so hohen Standpunkte manifestiert, und ihre Verhältnisse zum Raum, zur Erde, zum Planetarischen untersuchen, meine Herren, wenn ich diese Katze zum Fenster hinauswerfe: wie wird diese Wesenheit sich zum centrum gravitationis gemäß ihrem eigenen Instinkt verhalten? – He, Woyzeck! *Brüllt* Woyzeck!

Woyzeck schreckt auf, fängt die Katze auf, läuft um die Leiter.

WOYZECK Herr Doktor, sie beißt!

DOKTOR Kerl, Er greift die Bestie so zärtlich an, als wär's seine Großmutter.

Gelächter.

WOYZECK Herr Doktor, ich hab's Zittern.

Doktor kommt ganz erfreut herunter.

DOKTOR Ei, ei! Schön, Woyzeck! *Nimmt die Katze, betrachtet sie durch eine Lupe, geht zu den Studenten.* Was seh ich, meine Herren, die neue Spezies Hasenlaus, eine schöne Spezies – *Läßt die Katze nach links vorn weglaufen.* Meine Herren, das Tier hat keinen wissenschaftlichen Instinkt – Sie können dafür was anders sehen. *Geht zu Woyzeck.* Sehen Sie: der Mensch, seit einem Vierteljahr ißt er nichts als Erbsen; bemerken Sie die Wirkung, fühlen Sie einmal: was ein ungleicher Puls!, der und die Augen!

WOYZECK Herr Doktor, es wird mir dunkel!

Er lehnt sich an Doktor.

DOKTOR Courage, Woyzeck! Noch ein paar Tage, und dann ist's fertig. Fühlen Sie, meine Herren, fühlen Sie!

Sie betasten ihm Puls und Auge, gehen wieder nach links. Doktor führt Woyzeck zu ihnen.

DOKTOR Apropos, Woyzeck, beweg den Herren doch einmal die Ohren! Ich hab es Ihnen schon zeigen wollen, zwei Muskeln sind bei ihm tätig. Allons, frisch!

WOYZECK Ach, Herr Doktor!

DOKTOR Bestie, soll ich dir die Ohren bewegen? *Woy-*

zeck wackelt mit den Ohren. So, meine Herren! Da sind so Übergänge zum Esel, häufig auch die Folge weiblicher Erziehung und die Muttersprache.

Studenten ab, zwei tragen die Leiter weg. Doktor führt Woyzeck nach vorn Mitte.

DOKTOR Wieviel Haare hat dir die Mutter zum Andenken schon ausgerissen aus Zärtlichkeit? Sie sind dir ja ganz dünn geworden seit ein paar Tagen. Ja, die Erbsen, die Erbsen.

Beim letzten Satz rechts vorn ab.

Verwandlung.

Bild 9

Maries Stube, etwas schräg in der Mitte der Bühne. Großmutter links am Tisch, Narr auf dem Boden, löffeln Suppe. Marie sitzt auf dem Bett, Kind auf dem Schoß, Spiegel in der Hand, hat Ohrringe an. Bespiegelt sich.

MARIE Was die Steine glänzen! Was sind's für? Was hat er gesagt? – – Schlaf, Bub! Drück die Augen zu, fest! – Noch fester! Bleib so – still, oder er holt dich! *Singt*

Mädel, mach's Ladel zu,
's kommt e Zigeunerbu,
Führt dich an deiner Hand
Fort ins Zigeunerland.

Spiegelt sich wieder. 's ist gewiß Gold! Wie wird mir's beim Tanze stehen? Unsereins hat nur ein Eckchen in der Welt und ein Stückchen Spiegel, und doch hab ich ein' so roten Mund als die großen Madamen mit ihren Spiegeln von oben bis unten und ihren schönen Herrn, die ihnen die Händ küssen. Ich bin nur ein arm Weibsbild! Still, Bub, die Augen zu! Das Schlafengelchen! Wie's an der Wand läuft – *Sie blinkt mit dem Glas.* Die Augen zu, oder es sieht dir hinein, daß du blind wirst!

Woyzeck mit der ihm üblichen Hast von rechts hinten. Sie fährt auf, reißt sich die Ohrringe ab. Er bleibt vor ihr stehen.

WOYZECK Was hast du?
MARIE Nix.
WOYZECK Unter deinen Fingern glänzt's ja.
MARIE *streckt ihm die geöffnete Hand hin* Ein Ohrringlein; ich hab's gefunden.
WOYZECK Ich hab so noch nix gefunden, zwei auf einmal!

Woyzeck ist arglos.

MARIE *schreit* Bin ich ein Mensch?
WOYZECK *streicht ihr beschwichtigend über die Haare* 's is gut, Marie. *Setzt sich neben sie aufs Bett, nimmt Kind auf den Arm.* Was der Bub schläft! Greif ihm unters Ärmchen, der Stuhl drückt ihn. Die hellen Tropfen stehn ihm auf der Stirn; alles Arbeit unter der Sonn, sogar Schweiß im Schlaf. Wir arme Leut. *Steht auf, gibt das Kind zurück, zieht seine Geldbörse heraus.* Da is wieder Geld, Marie; die Löhnung und was von meinem Hauptmann.
MARIE Gott vergelt's, Franz.

Er will Marie auf den Mund küssen, zögert, küßt ihre Stirne. Setzt sich Mütze auf.

WOYZECK Ich muß fort, heut abend, Marie! Adies!
MARIE *allein, nach einer Pause* Ich bin doch ein schlecht Mensch! Ich könnt mich erstechen. – Ach! was Welt! Geht doch alles zum Teufel, Mann und Weib!

Verwandlung.

Bild 10

Straße. Leere Bühne. Noch während der Verwandlung kommt Hauptmann hastig von links vorn, hält an, keucht, sieht sich um. Sobald Rückwand wieder unten, stellt er sich vor deren Mitte, Rücken zum Publikum, pißt. Kommt dann nach vorn Mitte.

HAUPTMANN Herr Doktor, rennen Sie nicht so! Rudern Sie mit Ihrem Stock nicht so in der Luft! Sie hetzen sich ja hinter dem Tod drein.

Doktor überquert die Bühne von links vorn nach rechts hinten. Ab. Hauptmann versucht vergeblich, ihn zu erwischen.

HAUPTMANN Ein guter Mensch, der sein gutes Gewissen hat, geht nicht so schnell. Ein guter Mensch –

Doktor eilt von links hinten nach rechts vorn. Hauptmann hält ihn dort fest.

HAUPTMANN Herr Doktor, erlauben Sie, daß ich ein Menschenleben rette!

DOKTOR Pressiert, Herr Hauptmann, pressiert!

Doktor steht rechts vorn, Hauptmann links daneben.

HAUPTMANN Herr Doktor, ich bin so schwermütig, ich hab so was Schwärmerisches; ich muß immer weinen, wenn ich meinen Rock an der Wand hängen sehe – da hängt er.

Doktor tippt mit der Stockspitze auf Hauptmanns Bauch, umkreist ihn wortlos, bleibt rechts von ihm stehen, tastet mit Stockspitze höher, auf Brust, Hals.

DOKTOR Hm! Aufgedunsen, fett, dicker Hals: apoplektische Konstitution. Ja, Herr Hauptmann, Sie können eine Apoplexia cerebri kriegen; Sie können sie aber vielleicht auch nur auf der einen Seite bekommen und dann auf der einen gelähmt sein, oder aber Sie können im besten Fall nur geistig gelähmt werden und so fortvegetieren: das sind so ungefähr Ihre Aussichten auf die nächsten vier Wochen! Übrigens kann ich Sie versichern, daß Sie einen von den interessanten Fällen abgeben, und wenn Gott will, daß Ihre Zunge – *Hauptmann streckt Zunge heraus* – zum Teil gelähmt wird, so machen wir die unsterblichsten Experimente. *Schiebt mit einer Handbewegung das heruntergeklappte Kinn des Hauptmanns wieder hoch.*

HAUPTMANN Herr Doktor, erschrecken Sie mich nicht! Es sind schon Leute am Schreck gestorben, am bloßen hellen Schreck. –

Doktor ist voll eitler Freude. Hauptmann wischt sich mit Taschentuch die Augen.

HAUPTMANN Ich sehe schon die Leute mit den Zitronen in den Händen; aber sie werden sagen, er war ein guter

Mensch, ein guter Mensch – *Doktor lacht.* Teufel, Sargnagel!

DOKTOR *hält ihm den Hut hin, klopft mit dem Stock daran* Was ist das, Herr Hauptmann? Das ist Hohlkopf, geehrtester Herr Exerzierzagel!

Setzt Hut wieder auf. Weicht einen Schritt zurück, als Hauptmann drohend auf ihn zukommt, ihn am Rock packt und eine Falte bildet.

HAUPTMANN Was ist das, Herr Doktor? – Das ist Einfalt, bester Herr Sargnagel! Hähähä! Aber nichts für ungut! *Glättet ihm wieder die Jacke, spricht drohend weiter.* Ich bin ein guter Mensch, aber ich kann auch, wenn ich will, Herr Doktor, wenn ich will –

Von rechts hinten kommt Woyzeck und will vorbeieilen.

HAUPTMANN He, Woyzeck, was hetzt Er sich so an uns vorbei! Bleib Er doch, Woyzeck! *Woyzeck bleibt links Mitte stehen, grüßt.* Er läuft ja wie ein offnes Rasiermesser durch die Welt, man schneidt sich an Ihm. *Zum Doktor gewandt* Er läuft, als hätt Er ein Regiment Kastrierter zu rasieren und würde gehenkt über dem längsten Haar noch vorm Verschwinden. *Wendet sich zu Woyzeck* Aber, über die langen Bärte – was wollt ich doch sagen? Woyzeck: die langen Bärte –

DOKTOR Ein langer Bart unter dem Kinn, schon Plinius spricht davon, man müßt es den Soldaten abgewöhnen –

HAUPTMANN *fährt lauernd fort* Ha! über die langen Bärte. Was is, Woyzeck, hat Er noch nicht ein Haar aus einem Bart in seiner Schüssel gefunden? He, Er versteht mich doch? Ein Haar von einem Menschen, vom Bart eines Sapeurs, eines Unteroffiziers, eines – eines Tambourmajors? He, Woyzeck? Aber Er hat eine brave Frau. Geht Ihm nicht wie andern.

WOYZECK Jawohl! *Versteht plötzlich, geht einen Schritt vor.* Was wollen Sie sagen, Herr Hauptmann?

HAUPTMANN *zum Doktor* Was der Kerl ein Gesicht macht! *Stellt sich neben Woyzeck.* Vielleicht nun auch nicht in der Suppe, aber wenn Er sich eilt und um die Eck geht, so kann Er vielleicht noch auf ein Paar Lippen eins finden. Ein Paar Lippen, Woyzeck – ich hab auch das Lieben gefühlt. – Woyzeck, Kerl – Er ist ja kreideweiß!

WOYZECK Herr Hauptmann, ich bin ein armer Teufel – und hab sonst nichts auf der Welt, Herr Hauptmann, wenn Sie Spaß machen –

HAUPTMANN Spaß, ich? Daß dich Spaß, Kerl!

DOKTOR *geht freudig interessiert zu Woyzeck* Den Puls, Woyzeck, den Puls! – Klein, hart, hüpfend, unregelmäßig. *Tritt wieder neben Hauptmann.*

WOYZECK Herr Hauptmann, die Erd is höllenheiß – mir eiskalt, eiskalt. – Die Hölle is kalt, wollen wir wetten. – *Tritt auf den Hauptmann zu. Schreit* Unmöglich! Mensch, unmöglich!

HAUPTMANN Kerl, will Er – will Er ein paar Kugeln vor den Kopf haben? *Woyzeck schlägt Hacken zusammen.* Er ersticht mich mit seinen Augen, und ich mein es gut mit Ihm, weil Er ein guter Mensch ist, Woyzeck, ein guter Mensch.

DOKTOR *notiert in sein Merkbuch* Gesichtsmuskeln starr, gespannt, zuweilen hüpfend. Haltung aufgeregt, gespannt.

Woyzeck steht stramm, sieht an den beiden rechts vorbei.

WOYZECK *abgehackt, mit steigender Lautstärke* Ich geh. Es is viel möglich. Der Mensch! Es is viel möglich. – Wir haben schön Wetter, Herr Hauptmann. Sehn Sie, so ein schöner, fester, grauer Himmel; man könnte Lust bekommen, ein Kloben hineinzuschlagen und sich daran zu hängen, nur wegen des Gedankenstrichs zwischen Ja und wieder Ja – und Nein. Herr Hauptmann, Ja und Nein? Ist das Nein am Ja oder das Ja am Nein schuld? Ich will drüber nachdenken.

Geht mit breiten Schritten nach rechts vorn ab, erst langsam, dann immer schneller. Doktor schießt ihm nach.

DOKTOR Phänomen! Woyzeck, Zulage!

Hauptmann sieht ihnen nach, geht langsam nach links.

HAUPTMANN Mir wird ganz schwindlig vor den Menschen. Wie schnell! – Das hab ich nicht gern. Ein guter Mensch ist dankbar und hat sein Leben lieb. – Ich bin bloß in den Krieg gegangen, um mich in meiner Liebe zum Leben zu befestigen. Von der Polizei zur Miliz, von der zur Kompagnie. – Grotesk! Grotesk!

Nach links vorn ab, dabei Verwandlung.

Bild 11

Maries Stube. Tambourmajor liegt im Bett, Marie sitzt neben ihm. Großmutter und Narr sitzen auf dem vorderen Rand des Wagens. Woyzeck eilt von rechts hinten auf die Bühne. Marie nimmt ihr Tuch um, fängt ihn vor dem Haus ab.

WOYZECK Hm! Ich seh nichts, ich seh nichts. Oh, man müßt's sehen, man müßt's greifen können mit Fäusten! Bist du's noch?

MARIE *bleibt gelassen* Was hast du, Franz? – Du bist hirnwütig, Franz.

WOYZECK Eine Sünde, so dick und so breit – es stinkt, daß man die Engel zum Himmel hinausräuchern könnt! Du hast ein roten Mund, Marie. Keine Blase drauf? Wie, Marie, du bist schön wie die Sünde – kann die Todsünde so schön sein?

MARIE Franz, du redst im Fieber!

WOYZECK *gestikuliert, schreit* Teufel! – Hat er da gestanden? So? So?

MARIE Dieweil der Tag lang und die Welt alt ist, können viel Menschen an einem Platz stehn, einer nach dem andern.

WOYZECK Ich hab ihn gesehn!

MARIE Man kann viel sehn, wenn man zwei Augen hat und nicht blind is und die Sonn scheint.

WOYZECK *geht auf sie los* Mensch!

MARIE Rühr mich an, Franz! Ich hätt lieber ein Messer in den Leib als deine Hand auf meine. Mein Vater hat mich nit anzugreifen gewagt, wie ich zehn Jahr alt war, wenn ich ihn ansah.

WOYZECK Weib! – Nein, es müßt was an dir sein! Jeder Mensch ist ein Abgrund; es schwindelt einem, wenn man hinabsieht.

Marie geht hinein, setzt sich neben Tambourmajor.

WOYZECK Sie geht wie die Unschuld. Nun, Unschuld, du hast ein Zeichen an dir. Weiß ich's? Weiß ich's? Wer weiß es?

Narr setzt sich Helm des Tambourmajors auf, gleichzeitig fährt Wagen zurück. Woyzeck stutzt, begreift, geht einen Schritt nach. Rechts ab.

Bild 12

Die Wachtstube. Leere Bühne, rechts vorn eine Bank, quergestellt.
Andres tritt rechts vorn auf, pfeift, setzt sich links rittlings auf Bank, mischt, teilt Spielkarten aus.
Woyzeck langsam von rechts vorn, setzt sich Andres gegenüber, sie spielen Karten.

ANDRES *singt*

Frau Wirtin hat ne brave Magd,
Sie sitzt im Garten Tag und Nacht,
Sie sitzt in ihrem Garten –

WOYZECK Andres!

Andres sieht nicht auf, ist ins Spiel vertieft und gibt seine Antworten so nebenbei, lange Pausen.

ANDRES Nu?
WOYZECK Schön Wetter.
ANDRES Sonntagswetter – Musik vor der Stadt. Vorhin sind die Weibsbilder hinaus; die Mensche dampfe, das geht!
WOYZECK *wird unruhig* Tanz, Andres, sie tanze?
ANDRES Im Rössel und im Sternen.
WOYZECK Tanz, Tanz!
ANDRES Meinetwege. *Singt*

Sie sitzt in ihrem Garten,

Bis daß das Glöcklein zwölfe schlägt
Und paßt auf die Solda-aten.

WOYZECK Andres, ich hab kei Ruh.

ANDRES Narr!

WOYZECK Ich muß hinaus. Es dreht sich mir vor den Augen. Tanz, Tanz! Sie wird heiße Hände haben! Verdammt, Andres! *Legt die Karten hin, steht auf.*

ANDRES Was willst du?

WOYZECK Ich muß fort, muß sehen.

ANDRES Du Unfried! Wegen dem Mensch?

WOYZECK *setzt sich Mütze auf* Ich muß hinaus.

Rechts vorn ab. Andres hinterher, nimmt Bank mit. Verwandlung.

Bild 13

Wirtshaus. Wagen leicht schräg. Langer Tisch, links quer anschließend ein Tisch. Bänke, darauf Volk. Auf dem Tisch Bierkrüge. Auf der rückwärtigen Bankmitte zwei Handwerksburschen. Der Wirt tritt von links hinten auf und ab, bedient die Gäste. Lärmende Fröhlichkeit, Sauferei. Der Wagen fährt mit grölendem Gesang herein.

ALLE

Frau Wirtin hat ne brave Magd,
sie sitzt im Garten Tag und Nacht,
sie sitzt in ihrem Garten,
bis daß das Glöcklein zwölfe schlägt,
und paßt auf die Solda-aten.

Woyzeck und Andres von Mitte rechts. Setzen sich auf vordere rechte Ecke des Wagens.

1. HANDWERKSBURSCH *steht schwankend auf und singt*

Ich hab ein Hemdlein an, das ist nicht mein;
Meine Seele stinkt nach Branndewein –

2. HANDWERKSBURSCH *steht auf, bohrt ihm mit Finger in die Magengrube* Ein Loch, ein Loch. Bruder, soll ich dir aus Freundschaft ein Loch in die Natur machen? *Geht auf Mädchen schräg rechts vor ihm los.* Vorwärts! Ich will ein Loch in die Natur machen! *Der Bursche neben ihr wehrt ihn ab.* Ich bin auch ein Kerl,

du weißt – ich will ihm alle Flöh am Leib totschlagen.

Sie raufen. Beide Handwerksburschen sinken sich in die Arme und singen.

1. und 2. HANDWERKSBURSCH

Meine Seele,
meine Seele stinkt nach Branndewein.

1. HANDWERKSBURSCH Selbst das Geld geht in Verwesung über! Vergißmeinnicht, wie ist diese Welt so schön! Bruder, ich muß ein Regenfaß voll greinen vor Wehmut. Ich wollt, unsere Nasen wären zwei Bouteillen, und wir könnten sie uns einander in den Hals gießen. – Pscht, pscht – *Er gibt den Ton an.*

ALLE

Ein Jäger aus der Pfalz
Ritt einst durch einen grünen Wald
Und schoß das Wild daher,
Gleich wie es ihm gefällt.
Halli, hallo, gar lustig ist die Jägerei
Allhier auf grüner Heid.
Das Jagen is mei Freud.

Tanzmusik. Marie und Tambourmajor tanzen im Hintergrund vorbei nach rechts vor. Die Burschen und Mädchen tanzen auch. Woyzeck springt auf, sieht ihnen nach.

MARIE Immer zu, immer zu –

Alle tanzend links vorn ab. Musik leiser.

WOYZECK Immer zu – immer zu! *Sinkt zurück auf die*

Bank. Immer zu, immer zu! *Schlägt die Hände ineinander.*

Musik wird laut, Paare tanzen im Hintergrund von links nach rechts vorbei.

MARIE Immer zu – immer zu –

Musik wird leiser, hört auf. Woyzeck springt auf.

WOYZECK Tanzt alle! Schwitzt und stinkt. Er holt euch doch einmal alle.

Am Tisch sitzen oder liegen die beiden Handwerksburschen und zwei Gäste.

WOYZECK Dreht euch, wälzt euch! Warum bläst Gott nicht die Sonn aus, daß alles in Unzucht sich übereinander wälzt, Mann und Weib, Mensch und Vieh?! Tut's am hellen Tag, tut's einem auf den Händen, wie die Mücken! – Weib! Das Weib is heiß, heiß! – Immer zu, immer zu! *Sinkt rechts vorn auf die Bank.* Der Kerl, wie er an ihr herumgreift, an ihrem Leib! Er, er hat sie – wie ich zu Anfang. *Sinkt betäubt zusammen.*

1. Handwerksbursch steht auf, predigt, die anderen hören nur halb zu.

1. HANDWERKSBURSCH Jedoch, wenn ein Wandrer, der gelehnt steht an dem Strom der Zeit oder aber sich die göttliche – *zeigt nach oben* – Weisheit beantwortet und sich anredet: Warum ist der Mensch? Warum ist der

Mensch? – *breitet die Arme aus.* Aber wahrlich, ich sage euch: Von was hätte der Landmann, der Weißbinder, der Schuster, der Arzt leben sollen, wenn Gott – *zeigt nach oben* – den Menschen nicht geschaffen hätte? Von was hätte der Schneider leben sollen, wenn Gott dem Menschen nicht die Empfindung der Scham eingepflanzt hätte, von was der Soldat – *zeigt auf Woyzeck* – wenn er ihn nicht mit dem Bedürfnis sich totzuschlagen ausgerüstet hätte? Darum zweifelt nicht – ja, ja, es ist lieblich und fein, aber alles Irdische ist übel. *Setzt sich, bekreuzigt sich, faltet Hände zum Gebet, ebenfalls der 2. Handwerksbursch.* Zum Beschluß, meine geliebten Zuhörer, laßt uns noch übers Kreuz pissen, damit ein Jud stirbt! *Sie stehen auf, nach links hinten ab.*

Einige Takte leise Tanzmusik, Wagen fährt zurück. Woyzeck bleibt auf der leeren Bühne zurück.
Andres kommt mit Bierkrug von rechts vorn. Sie stehen sich rechts vorn gegenüber.

WOYZECK Hast nix gehört?
ANDRES Er is da noch mit einem Kameraden.
WOYZECK Er hat was gesagt?
ANDRES Woher weißt du's? Was soll ich sagen? Nu, er lachte, und dann sagt' er: Ein köstlich Weibsbild! Die hat Schenkel und alles so heiß!

Andres rechts vorn ab.

WOYZECK *ganz kalt* So, hat er das gesagt. *Geht hin und her.* Immer zu! immer zu! – Was spricht da unten?

Reckt sich gegen den Boden. Ha! was, was sagt ihr? *Kniet nieder am späteren Tatort.* Lauter! Lauter! Stich, stich die Woyzecke tot? Stich, stich die Woyzecke tot! – Soll ich? Muß ich? *Steht auf.* Hör ich's auch da? Sagt's der Wind auch? – Hör ich's immer, immerzu: stich tot, tot, stich tot – *Nach links hinten ab.* Stich tot –

Verwandlung.

Bild 14

Wagen gerade, Mitte. Ein Zimmer in der Kaserne. Nacht. Vier Betten. Links unten Andres, darüber Woyzeck, in den anderen je ein Soldat. Rechts Tisch, Stuhl, Haken.

WOYZECK Stich tot –
Andres! Andres! Ich kann nit schlafen! Wenn ich die Aug zumach, dreht sich's immer, und ich hör die Geigen, immer zu, immer zu. Und dann spricht's aus der Wand. Hörst du nix?

ANDRES Ja – laß sie tanze! Einer is müd, und dann Gott behüt uns, Amen.

WOYZECK Es redt immer: stich! stich! Und zieht mir zwischen den Augen wie ein Messer –

ANDRES Schlaf, Narr! *Dreht sich herum, schläft wieder ein.*

WOYZECK Andres!

Bild 15

Tambourmajor tritt von links vorn ein. Soldaten springen auf, stehen vor den Betten stramm. Tambourmajor mustert jeden einzelnen, beginnt zu singen, hängt Mütze an Haken, nimmt das dort hängende Handtuch, setzt sich auf Stuhl, legt Handtuch um Hals.

TAMBOURMAJOR

Branndewein, das ist mein Leben,
Branndewein, das gibt Courage.

Winkt Woyzeck. Dieser beginnt zu rasieren, während die anderen unbeweglich vor den Betten stehen.

WOYZECK *singt*

Ach Tochter, liebe Tochter,
Was hast du gedenkt,
Daß du dich an die Landkutscher
Und die Fuhrleut hast gehenkt. –

Was kann der liebe Gott nicht, was? Das Geschehene ungeschehn machen. Hä, hä, hä. Aber es ist einmal so, und es ist gut, daß es so ist. Aber besser ist besser.

Singt.

Branndewein ist mein Leben,
Branndewein gibt Courage.

Und ein ordentlicher Mensch hat sein Leben lieb, und ein Mensch, der sein Leben lieb hat, hat keine Courage, ein tugendhafter Mensch hat keine Courage. Wer Courage hat, ist ein Hundsfott.

TAMBOURMAJOR *mit Würde* Sie vergessen sich, in Gegenwart eines Tapfern.

WOYZECK Ich spreche ohne Beziehungen, ich spreche nicht mit Rücksicht, wie die Franzose spreche, und es war schön von Euch. – Aber wer Courage hat, ist ein Hundsfott.

TAMBOURMAJOR Teufel! Du zerbrochne Bartschüssel, du abgestanden Seifbrüh, du sollst mir dei Urin trinke, du sollst mir dei Rasiermesser verschlucken!

WOYZECK Hab ich Ihn denn gemeint, Herr, laß Er mich in Ruh! Ich bin die Wissenschaft. Ich bekomme für meine Wissenschaftlichkeit alle Woche dreihalb Gulden, ich hab einen lateinischen Rücken, ich bin ein lebendiges Skelett, die ganze Menschheit studiert an mir. – Was ist der Mensch? Knochen! Staub, Sand, Dreck. Aber die dummen Menschen, die dummen Menschen! Der Mensch haut, schießt, sticht, hurt. – Seht, wie die Sonn kommt zwischen den Wolken hervor, als würd'n Nachttopf ausgeschütt. – Ssst –

Schneidet den Tambourmajor, springt in die Reihe zurück. Tambourmajor springt auf, reißt sich das Tuch weg, geht die Reihe entlang.

TAMBOURMAJOR Ich bin ein Mann! Ein Mann, sag ich. Wer will was? Wer kein besoffner Herrgott ist, der laß sich von mir. *Packt Woyzeck am rechten Arm, tritt auf das heruntergefallene Messer. Schlägt Woyzeck zu Boden.* Ich will ihm die Nas in Arschloch prügeln! Ich will – *Kippt den Inhalt der Seifenschale in eine*

Wasserschüssel, zwingt Woyzeck, diese auszutrinken. Da Kerl, sauf! Ich wollt, die Welt wär Schnaps, hahaha, Schnaps – der Mann muß saufen! *Würgt Woyzeck.* Kerl, soll ich dir die Zung aus dem Hals ziehn und sie um den Leib herumwickeln? Soll ich dir noch so viel Atem lassen als en Altweiberfurz, soll ich? *Stülpt Woyzeck, der erschöpft auf dem Boden sitzt, die Schüssel über den Kopf, steht auf, setzt sich Mütze auf.* Der Kerl soll dunkelblau pfeifen. *Singend nach links vorn ab.*

Branndewein, das ist mein Leben,
Branndewein gibt Courage!

Kurze Stille.

1. SOLDAT Der hat sein Fett.
2. SOLDAT Er blut'.

Gehen in die Betten. Woyzeck nimmt Schüssel vom Kopf.

WOYZECK Eins nach dem andern.

Verwandlung.

Bild 16

Kasernenhof. Leere Bühne. Ein Jude kommt von links vorn mit Handkarren, bleibt links stehen, ordnet die Gegenstände.
Woyzeck tritt links hinten auf, geht bis hinten Mitte, zögert, bleibt stehen, sieht in Richtung Handkarren.

WOYZECK Was liegt denn da drüben? Eben glänzt es so. Es zieht mir immer so zwischen den Augen herum. Wie es glitzert. *Geht zum Handkarren.* Ich muß das Ding haben. *Wühlt in den Sachen.* Das Pistolchen ist zu teuer.

Jude beobachtet ihn lauernd.

JUDE Nu, kauft's oder kauft's nit, was is?
WOYZECK Was kost das Messer?
JUDE 's is ganz grad. Wollt Ihr Euch den Hals mit abschneiden? Nu, was is es? Ich geb's Euch so wohlfeil wie ein andrer. Ihr sollt Euern Tod wohlfeil haben, aber doch nit umsonst. Was is es? Er soll einen ökonomischen Tod haben.
WOYZECK Das kann mehr als Brot schneiden –
JUDE Zwei Grosche.
WOYZECK Da!

Zahlt, nimmt Messer, geht nach links hinten ab.

JUDE Da! Als ob's nichts wär! *Schiebt den Karren nach rechts vorn.* Und es is doch Geld. – Du Hund! *Ab.*

Bei seinen letzten Worten Verwandlung.

Bild 17

Maries Stube. Großmutter links am Tisch, verliest Erbsen. Marie gegenüber, blättert in der Bibel. Narr sitzt am Boden neben der Wiege, erzählt sich Märchen an den Fingern.

NARR Der hat die goldne Kron, der Herr König – Morgen hol ich der Frau Königin ihr Kind – Blutwurst sagt: Komm, Leberwurst –

MARIE »Und ist kein Betrug in seinem Munde erfunden« – Herrgott, Herrgott! Sieh mich nicht an! *Blättert weiter.* »Aber die Pharisäer brachten ein Weib zu ihm, im Ehebruch begriffen, und stelleten sie ins Mittel dar – Jesus aber sprach: So verdamme ich dich auch nicht. Geh hin und sündige hinfort nicht mehr!« *Schlägt die Hände zusammen.* Herrgott! Herrgott! Ich kann nicht! – – – Herrgott, gib mir nur so viel, daß ich beten kann. *Sieht auf die Wiege.* Das Kind gibt mir einen Stich ins Herz. – *Zum Narren* Das brüst sich in der Sonn!

Narr schaukelt das Kind. Marie beugt sich zur Großmutter, die nicht reagiert.

MARIE *schreit* Der Franz ist nit gekommen, gestern nit, heut nit. Es wird heiß hier!

»Und trat hinein zu seinen Füßen und weinete, und

fing an, seine Füße zu netzen mit Tränen und mit den Haaren ihres Hauptes zu trocknen, und küssete seine Füße und salbete sie mit Salben –« *Schlägt sich auf die Brust, legt Kopf auf die Bibel.* Alles tot! Heiland! Heiland! Ich möchte dir die Füße salben! –

Das Licht über der Stube erlischt. Alle verharren bewegungslos.

Bild 18

In der Kaserne. Von rechts vorn Andres, gefolgt von Woyzeck, der eine Schachtel trägt. Sie bleiben vorn rechts stehen. Woyzeck kramt in seinen Sachen.

WOYZECK Das Kamisolchen, Andres, is nit zur Montur: Du kannst's brauchen, Andres.

ANDRES *ganz starr* Jawohl.

WOYZECK Das Kreuz ist meiner Schwester und das Ringelchen.

ANDRES Jawohl.

WOYZECK Ich hab auch noch ein Heiligen, zwei Herze und schön Gold – es lag in meiner Mutter Bibel, und da steht:

»Leiden sei all mein Gewinnst,
Leiden sei mein Gottesdienst.
Herr! wie dein Leib war rot und wund,
So laß mein Herz sein aller Stund.«

Mein Mutter fühlt nur noch, wenn ihr die Sonn auf die Händ scheint – das tut nix.

ANDRES Jawohl.

WOYZECK *zieht ein Papier hervor* Friedrich Johann Franz Woyzeck, Wehrmann, Füsilier im 2. Regiment, 2. Bataillon, 4. Kompagnie, geboren Mariä Verkündigung, den 20. Juli. – Ich bin heut alt 44 Jahr, 10 Monat und 7 Tage.

Woyzeck gibt Andres die leere Schachtel, in die dieser die Sachen hineinlegt.

ANDRES Franz, du kommst ins Lazarett. Armer, du mußt Schnaps trinken und Pulver drin, das töt' das Fieber.

WOYZECK Ja, Andres, wenn der Schreiner die Hobelspäne sammelt, es weiß niemand, wer seinen Kopf drauflegen wird. – Aber Andres, sie war doch ein einzig Mädel.

ANDRES Wer – war?

WOYZECK Nix. – Adies.

Andres nach rechts vorn ab, dann langsam Woyzeck ab.

Bild 19

Maries Stube wird hell. Großmutter verliest Erbsen, Marie liest, Narr wiegt Kind.
1. und 2. Handwerksbursch schlendern singend von links hinten nach rechts hinten über die Bühne. Der Gesang beginnt vor ihrem Auftritt und hört nach ihrem Abgang auf.

1. und 2. HANDWERKSBURSCH

Wie scheint die Sonn am Lichtmeßtag
Und steht das Korn im Blühn.
Sie gingen wohl die Wiese hin,
Sie gingen zu zwein und zwein.
Die Pfeifer gingen voran,
Die Geiger hinterdrein, hinterdrein.
Sie hatten rote Socken an, rote Socken an.

NARR Marie.
MARIE Was willst du auch immer!
NARR Sing du weiter.
MARIE Ich kann nit.
NARR Warum?
MARIE Darum.
NARR Aber warum darum?
MARIE Großmutter, erzähl!

Großmutter hört mit dem Verlesen auf, sitzt reglos, erzählt eintönig. Narr hört mit wachsender Freude zu.

GROSSMUTTER Es war einmal ein arm Kind und hatt kein Vater und keine Mutter, war alles tot, und war niemand mehr auf der Welt. Alles tot, und es is hingangen und hat gesucht Tag und Nacht. Und weil auf der Erde niemand mehr war, wollt's in Himmel gehn, und der Mond guckt es so freundlich an, und wie es endlich zum Mond kam, war's ein Stück faul Holz. Und da is zur Sonn gangen, und wie es zur Sonn kam, war's ein verwelkt Sonneblum. Und wie's zu den Sternen kam, waren's kleine goldne Mücken, die waren angesteckt, wie der Neuntöter sie auf den Schlehen steckt. Und wie's wieder auf die Erde wollt, war die Erde ein umgestürzter Hafen. Und es war ganz allein. Und da hat sich's hingesetzt und geweint, und da sitzt es noch und is ganz allein.

Woyzeck erscheint von links vorn, bleibt vor Stube stehen.

WOYZECK *ruft mit fester Stimme* Marie!
MARIE *erschreckt* Was is?
WOYZECK Marie, wir wollen gehn. 's is Zeit.
MARIE Wohin?
WOYZECK Weiß ich's?

Marie steht auf, nimmt ihr Tuch um, geht mit freundlichem Gesicht zu Woyzeck. Beide links vorn ab.
Verwandlung.

Bild 20

Waldsaum am Teich. Leere Bühne.
Marie, gefolgt von Woyzeck, von rechts hinten nach vordere Mitte.
Marie dreht sich um, schaut nach hinten.

MARIE Also dort hinaus is die Stadt. 's is finster.

WOYZECK Du sollst noch bleiben. Komm, setz dich!

MARIE Aber ich muß fort.

WOYZECK Du wirst dir die Füß nit wund laufe. *Knien voreinander, Marie links, Woyzeck rechts.* Weißt du auch, wie lang es jetzt is, Marie?

MARIE *legt liebevoll die Hände um seinen Kopf* An Pfingsten zwei Jahr.

WOYZECK Weißt du auch, wie lang es noch sein wird?

MARIE Ich muß fort, das Nachtessen richten.

WOYZECK *legt die Hände um ihre Schultern* Friert's dich, Marie? Und doch bist du warm. *Er berührt mit der Hand ihre Lippen.* Was du heiße Lippen hast! heiß, heißer Hurenatem! Und doch möcht ich den Himmel geben, sie noch einmal zu küssen. – Friert's dich? Wenn man kalt is, so friert man nicht mehr. *Steht auf, geht links hinter sie, greift nach dem Messer.* Du wirst vom Morgentau nicht frieren.

MARIE *dreht sich etwas zu ihm* Was sagst du?

WOYZECK Nix.

Schweigen.

MARIE Was der Mond rot aufgeht!
WOYZECK Wie ein blutig Eisen.
MARIE Was hast du vor? Franz, du bist so blaß.

Sie steht auf. Er holt mit dem Messer aus, sticht drauflos.

WOYZECK Nimm das und das! *Sie stürzt hin.* Kannst du nicht sterben? So! so! – Ha, sie zuckt noch; noch nicht? noch nicht? Immer noch – *Stößt nochmals zu. Er läßt das Messer fallen, beugt sich zu ihr.* Bist du tot? Tot! Tot!

Läuft weg nach links hinten, kehrt dann um.

Bild 21

Am Teich. Leere Bühne.

WOYZECK Das Messer? Wo ist das Messer? Ich hab es dagelassen. *Legt sich Marie gegenüber.* Was bist du so bleich, Marie? Was hast du für eine rote Schnur um den Hals? Bei wem hast du das Halsband verdient mit deinen Sünden? Du warst schwarz davon, schwarz! Hab ich dich gebleicht? Was hängen deine Haare so wild? Hast du deine Zöpfe heut nicht geflochten? – *Steht auf.* Das Messer, das Messer! Hab ich's? So! *Er läuft zum Wasser im Hintergrund, wirft das Messer hinein.* So, da hinunter! Es taucht in das dunkle Wasser wie ein Stein. – Nein, es liegt zu weit vorn, wenn sie sich baden. *Er geht in den Teich und wirft weit.* So, jetzt – aber im Sommer, wenn sie tauchen nach Muscheln? – Bah, es wird rostig, wer kann's erkennen. – Bin ich noch blutig? Ich muß mich waschen. Da ein Fleck, und da noch einer – *Wäscht sich.*

Gesang nähert sich. Er rennt nach links hinten davon. 1. und 2. Handwerksbursch kommen singend von rechts vorn, gehen hinter Marie, die in der Mitte der Bühne liegt, einige Schritte vorbei.

1. und 2. HANDWERKSBURSCH

Wie scheint die Sonn am Lichtmeßtag

und steht das Korn im Blühn.
Sie gingen wohl die Wiese hin –

1. HANDWERKSBURSCH Halt!

2. HANDWERKSBURSCH Hörst du? Still! Dort!

1. HANDWERKSBURSCH Da! Was ein Ton!

2. HANDWERKSBURSCH Es ist das Wasser, es ruft: schon lang ist niemand ertrunken. Es ist nicht gut, es zu hören!

1. HANDWERKSBURSCH Uu! Jetzt wieder! – Wie ein Mensch, der stirbt!

2. HANDWERKSBURSCH Es ist unheimlich! So dunstig, allenthalben Nebelgrau – und das Summen der Käfer wie gesprungene Glocken.

1. HANDWERKSBURSCH Nein, zu deutlich, zu laut! Da hinauf!

Der 2. Handwerksbursch sieht die Leiche, sie beugen sich über sie, springen hastig auf.

1. HANDWERKSBURSCH Komm mit!

2. HANDWERKSBURSCH Fort!

Laufen nach links hinten, ab. Es wird dunkel.
Kurze Stille. Die beiden Handwerksburschen kommen mit zwei Leuten zurück, sie tragen Marie nach rechts vorn hinaus.

Bild 22

Maries Stube. Links am Tisch reglos die Großmutter. Narr auf dem Boden, wiegt Kind. Woyzeck langsam von links vorn, tritt in die Stube.

NARR Der is ins Wasser gefallen, der is ins Wasser gefallen, der is ins Wasser gefallen.

Woyzeck hockt sich, schaukelt Wiege.

WOYZECK Bub –
NARR Der is ins Wasser gefallen.
WOYZECK Christian!
NARR Der is ins Wasser gefallen.

Woyzeck wirft sich aufs Bett.

WOYZECK Herrgott!

Kurze Stille.

Bild 23

Von rechts vorn wird Marie auf einer Bahre gebracht, links (vor der ›Tür‹) abgesetzt. Leute ab.
Doktor von rechts vorn, steigt über die Leiche, tritt in die Stube, bleibt vor Woyzeck stehen.

NARR Der is ins Wasser gefallen. Der is ins Wasser gefallen.

Doktor geht zur Tür, sieht auf die Leiche hinab, freut sich.

DOKTOR Ein guter Mord, ein echter Mord, ein schöner Mord – *steigt über die Leiche* – so schön als man ihn nur verlangen tun kann – *geht zufrieden nach rechts vorn* – wir haben schon lange so keinen gehabt. *Ab.*

Vorhang.

Anhang

Anmerkungen

In den Jahren 1970–1974 habe ich in Zürich Goethes ›Urfaust‹, Büchners ›Woyzeck‹ und Lessings ›Emilia Galotti‹ inszeniert; ferner inszenierte ich noch von meinen Stücken 1971 *Porträt eines Planeten* und übernahm 1973 unvorsichtigerweise in den letzten drei Tagen vor der Uraufführung die Regie zu meiner Komödie *Der Mitmacher*. Ich änderte in ›Emilia Galotti‹ am Text fast nichts. Ich ließ jedoch das Stück in der Renaissance spielen statt zur Zeit Lessings, wie man es meistens tut, in fast leeren Räumen. Im Lustschloß des Prinzen stand in jedem Akt immer ein anderer Diener mit einem Tablett mit Wein und Speisen usw. Gonzaga wurde mit ›Fürst‹ angesprochen, Pirro ohne Textänderung als Verräter hingestellt, und die Orsina kam ohne Dolch, sie nahm das Messer Pirros, der im Hintergrund gemütlich Salami aß, und gab es dem rasenden Vater, statt, wie es bei Lessing geschieht, einen Dolch mitzubringen, was etwas unwahrscheinlich ist: kommt sie doch nach Dosalo in der Meinung, sie habe sich mit Gonzaga versöhnt. Vor dem Stück und zwischen den Aufzügen ließ ich in voller Lautstärke Stücke aus Bachs ›Goldberg-Variationen‹ spielen. Beim *Urfaust* und beim *Woyzeck* mußte ich dramaturgisch anders vorgehen: Beim ersten galt es mit Hilfe des Volksbuchs von Doktor Faustus, 1589, eine spielbare Fassung zu ermöglichen, und beim zweiten war wiederum das alte Problem zu lösen, welche Szenen aus einem Bündel von Fragmenten zusammenzustellen seien. Ich wählte eine neue Fassung: meine. Zur Regie des *Woyzeck* ist noch zu bemerken, daß auf einer leeren Bühne mit zwei Wagen gearbeitet wurde: Auf dem einen war Maries Stube eingerichtet. Es ging mir darum, den Narren und die Großmutter als Personen einzuführen, die zu Maries Haushalt gehören: Ich stellte mir vor, daß Marie mit ihrem unehelichen Kind zusammen mit ihrer Mutter lebt und einen Schwachsinnigen zur Pflege genommen hat, um etwas Geld zu verdienen. Auf dem anderen Wagen konnten, je nach Bedarf, weitere Spielplätze eingerichtet werden. Der Erfolg meiner Zürcher Inszenierung war bei der Presse nicht sonderlich. Ich möchte diese Tatsache nicht so sehr der damaligen kulturpolitischen Situation zuschreiben, sondern mehr dem Umstand, daß mein Interesse, führe ich Regie, mehr dem Dramaturgischen als dem Theaterästhetischen gilt, das heute im Vordergrund steht.

Geschrieben 1980 für die vorliegende Ausgabe.

Notizen zum ›Urfaust‹

Im Gegensatz zu Brecht halte ich den ›Urfaust‹ für keine geniale Skizze, sondern für eine geniale Ballade, in der sich Derbes und Zartes in eigenartiger Weise vermischten; eine Ballade, für deren Verständnis freilich das Volksbuch von Doktor Faustus eine Voraussetzung ist. Wie Brecht bin ich der Meinung, daß deshalb der Urfaust nicht im Hinblick auf ›Faust I‹ und ›Faust II‹, sondern im Hinblick auf das Volksbuch zu inszenieren sei. Ein entscheidender psychologischer Unterschied zwischen dem ›Urfaust‹ und dem späteren klassischen ›Faust‹ liegt in der Tatsache, daß im ›Urfaust‹ ein alter Mann ein junges Mädchen verführt, während im klassischen ›Faust‹ ein alter Mann, der verjüngt worden ist, ein junges Mädchen verführt. Man hat darüber gestritten, ob im ›Urfaust‹ Faust von Goethe wirklich als alt angenommen worden sei. Hätte er ihn jedoch nicht als alten Mann gesehen, hätte er ihn für die spätere Fassung nicht zu verjüngen brauchen. Entscheidend ist wohl, daß Goethe instinktiv spürte, daß der Anfangsmonolog nur von einem alten Mann gehalten werden kann. Doch liegt das Moderne im ›Urfaust‹ nicht darin, daß ein alter Mann ein junges Mädchen verführt und im Stiche läßt. Das gab es damals und gibt es auch heute. Das Moderne im ›Urfaust‹ sehe ich vielmehr darin, daß die Bühne heute eine Freiheit erreicht hat, die es ihr ermöglicht, den ›Urfaust‹ theatralisch zu realisieren. Die Ballade braucht nur die wichtigsten Elemente einer Handlung darzustellen und kann deshalb als die freieste der poetischen Formen gelten. Doch muß wie in der Politik auch in der Kunst jede Freiheit erkämpft werden. Wird sie es nicht, ist sie bloße Schlamperei. Ich hatte daher der dramatischen Ballade einen epischen Sockel zu bauen, um sie gegen das Ende zu wie im Zeitraffer balladesk

›abspulen‹ zu können. Das epische Element erreichte ich mit Fragmenten aus dem alten Volksbuch, die Balladenform durch eine Umstellung, durch Zusammenziehung benachbarter Szenen, durch die Erweiterung des Textes mit Goethes ›Heidenröslein‹ und vor allem durch eine andere Szenerie. Im übrigen ist noch zu bemerken, daß ich vom alten Puppenspiel auf die Form meiner Urfaust-Bühne kam. Der Spielort besteht aus einem Podest, das auf der Bühne steht, doch kann dieser Spielort selbst auch als Requisit eingesetzt werden. Vom Puppenspiel endlich kam ich auch auf die Idee, verschiedene Personen durch einen Schauspieler darstellen zu lassen. Auch habe ich Marthe Schwerdtlein und Lieschen in eine Person zusammengezogen.

Geschrieben für das Programmheft der Uraufführung am Schauspielhaus Zürich. Wieder abgedruckt in ›Dramaturgisches und Kritisches. Theater-Schriften und Reden II‹, Verlag ›Die Arche‹, Zürich 1972.

Notiz zum ›Woyzeck‹

Es gibt keinen authentischen Gesamttext des ›Woyzeck‹. Was bis jetzt gespielt wurde, war zwar Büchner, jedoch als ganzes komponiert von Dramaturgen. Die vorliegende Fassung stützt sich wie alle andern Fassungen auf Büchner, sie ist wie alle andern Fassungen eine Collage, doch eine Collage nach meinen dramaturgischen Gesichtspunkten. Nicht nur daß ich die Szenenabfolge geändert habe, die gewöhnlich gespielt wurde, ich habe auch der Woyzeck-Tambourmajorszene (Hamburger Ausgabe, Vorläufige Reinschrift, H 4,14) die Szene Barbier-Unteroffizier (Hamburger Ausgabe, 1. Fassung, Szenengruppe 1, H 1,10) vorangestellt (Bild 15). Ich glaube, daß diese Rasierszene der ersten Fassung eine der ersten von Büchner geschriebenen Szenen darstellt: Es kann unschwer nachgewiesen werden, daß aus ihr die Woyzeck-Tambourmajorszene H 4,14 entstanden ist. Warum verschiedene Forscher die Gleichungen Barbier-Woyzeck und Unteroffizier-Tambourmajor nicht zu ziehen wagen, ist mir unverständlich.

Geschrieben für das Programmheft der Uraufführung am Schauspielhaus Zürich.

Friedrich Dürrenmatt im Diogenes Verlag

● Gesammelte Werke in sieben Bänden

Herausgegeben von Franz Josef Görtz
Leinen

● Das dramatische Werk

Achterloo
Komödie. Leinen

Es steht geschrieben / Der Blinde
Frühe Stücke. detebe 20831

Romulus der Große
Ungeschichtliche historische Komödie
Fassung 1980. detebe 20832

Die Ehe des Herrn Mississippi
Komödie und Drehbuch. Fassung 1980
detebe 20833

Ein Engel kommt nach Babylon
Fragmentarische Komödie. Fassung 1980
detebe 20834

Der Besuch der alten Dame
Tragische Komödie. Fassung 1980
detebe 20835

Frank der Fünfte
Komödie einer Privatbank. Fassung 1980
detebe 20836

Die Physiker
Komödie. Fassung 1980. detebe 20837

Herkules und der Stall des Augias
Der Prozeß um des Esels Schatten
Griechische Stücke. Fassung 1980
detebe 20838

Der Meteor / Dichterdämmerung
Nobelpreisträgerstücke. Fassung 1980
detebe 20839

Die Wiedertäufer
Komödie. Fassung 1980. detebe 20840

König Johann / Titus Andronicus
Shakespeare-Umarbeitungen. detebe 20841

Play Strindberg / Porträt eines Planeten
Übungsstücke für Schauspieler
detebe 20842

Urfaust / Woyzeck
Bearbeitungen. detebe 20843

Der Mitmacher
Ein Komplex. detebe 20844

Die Frist
Komödie. Fassung 1980. detebe 20845

Die Panne
Hörspiel und Komödie. detebe 20846

Nächtliches Gespräch mit einem verachteten Menschen / Stranitzky und der Nationalheld / Das Unternehmen der Wega
Hörspiele und Kabarett. detebe 20847

Friedrich Dürrenmatt & Charlotte Kerr
Rollenspiele
Protokoll einer fiktiven Inszenierung und Achterloo III. Leinen

● Das Prosawerk

Labyrinth
Stoffe I – III: Der Winterkrieg in Tibet / Mondfinsternis / Der Rebell. Leinen

Turmbau
Stoffe IV – IX: Begegnungen / Querfahrt / Die Brücke / Das Haus / Vinter / Das Hirn
Leinen

Versuche
Leinen

Durcheinandertal
Roman. Leinen

Aus den Papieren eines Wärters
Frühe Prosa. detebe 20848

Der Richter und sein Henker
Der Verdacht
Kriminalromane. detebe 20849

Der Hund / Der Tunnel / Die Panne
Erzählungen. detebe 20850

Grieche sucht Griechin / Mr. X macht Ferien / Nachrichten über den Stand des Zeitungswesens in der Steinzeit
Grotesken. detebe 20851

Das Versprechen / Aufenthalt in einer kleinen Stadt
Ein Requiem auf den Kriminalroman und ein Fragment. detebe 20852

Der Sturz / Abu Chanifa und Anan Ben David / Smithy / Das Sterben der Pythia
Erzählungen. detebe 20854

Theater
Essays, Gedichte und Reden. detebe 20855

Kritik
Kritiken und Zeichnungen. detebe 20856

Literatur und Kunst
Essays, Gedichte und Reden. detebe 20857

Philosophie und Naturwissenschaft
Essays, Gedichte und Reden. detebe 20858

Politik
Essays, Gedichte und Reden. detebe 20859

Zusammenhänge/Nachgedanken
Essay über Israel. Über Freiheit, Gleichheit und Brüderlichkeit in Judentum, Christentum, Islam und Marxismus. detebe 20860

Der Richter und sein Henker
Kriminalroman. Mit einer biographischen Skizze des Autors. detebe 21435

Der Verdacht
Kriminalroman. Mit einer biographischen Skizze des Autors. detebe 21436

Justiz
Roman. detebe 21540

Der Auftrag
oder Vom Beobachten des Beobachters der Beobachter. Novelle in vierundzwanzig Sätzen. detebe 21662

Minotaurus
Eine Ballade. Mit Zeichnungen des Autors detebe 21792

● Das zeichnerische Werk

Bilder und Zeichnungen
Mit einer Einleitung von Manuel Gasser und Kommentaren des Autors. Diogenes Kunstbuch

Die Heimat im Plakat
Ein Buch für Schweizer Kinder. Zeichnungen. Mit einem Geleitwort des Autors kunst-detebe 26026

Außerdem liegen vor:

Die Welt als Labyrinth
Ein Gespräch mit Franz Kreuzer. Broschur

Denkanstöße
Gedanken über Geld und Geist, Politik und Philosophie, Literatur und Kunst, Gerechtigkeit und Recht, Krieg und Frieden. Ausgewählt und zusammengestellt von Daniel Keel. Mit sieben Zeichnungen des Dichters detebe 21697

Über Friedrich Dürrenmatt
Essays, Zeugnisse und Rezensionen von Gottfried Benn bis Saul Bellow. Mit Chronik und Bibliographie. Herausgegeben von Daniel Keel. detebe 20861

Elisabeth Brock-Sulzer
Friedrich Dürrenmatt
Stationen seines Werkes. Mit Fotos, Zeichnungen, Faksimiles. detebe 21388

Friedrich Dürrenmatt

Durcheinandertal

Roman. Leinen

»Dürrenmatts Roman ist außerordentlich dicht gewoben und dürfte den Großmeister auf der Höhe seiner Erzählkunst zeigen. Dieser Roman wird als Gesellschaftssatire voller Ironie, als eine Groteske mit holzschnittartigen Elementen der Räuberpistole in die Literaturgeschichte eingehen.« **Lutz Hagestedt/ Süddeutsche Zeitung** »Der Dürrenmatt-Leser wird mit Vergnügen wiederfinden, was er immer geliebt hat, blitzende Ironie, funkelnden Sarkasmus, bauernschlauen Mutterwitz, gemütliche Bosheit, grauenhafte Komik.« **Reinhardt Stumm/Basler Zeitung** »Der Pastorensohn aus dem Emmental, mit seinen Unheil-Komödien jahrzehntelang der Serenissimus des deutschsprachigen Zeittheaters, läßt aus seiner Eremitage Saison für Saison Manuskripte flattern; lautvergnügte Alterswerke.« **Fritz Rumler/Der Spiegel** »Kierkegaards Theologie der Gnade wetterleuchtet hinter den Bergen, und Kafkas Schloß, das plötzlich hinter dem Kurhaus auftaucht, wirft lange Schatten auf das Häusergenist im Durcheinandertal.« **Andreas Conrad/Der Tagesspiegel** »Kein überflüssiges Wort stiehlt uns die Zeit. Der Text ist so dicht, so reich an Handlung und Bildern, Gestalten und Gedanken, daß sich eine zweite Lektüre, wie bei den meisten Büchern dieses Autors, durchaus lohnt.« **Heinrich Goetz/ Hannoversche Allgemeine** »Ein höchst streitbarer Roman, der eine kontroverse Diskussion förmlich provoziert. Pflichtlektüre für Querdenker und all die, die es werden wollen.« **Peter Mohr/Rheinischer Merkur** »Ein weiteres Bild von ›der Wurstelei unseres Jahrhunderts‹. Ein einmaliges Lesevergnügen.« **Christine Huber/Berner Zeitung** »Im Ernst: ein großes Vergnügen.« **Jürgen Berger/taz**

Friedrich Dürrenmatt

Labyrinth
Stoffe I-III
Der Winterkrieg in Tibet
Mondfinsternis · Der Rebell

Turmbau
Stoffe IV-IX
Begegnung · Querfahrt
Die Brücke · Das Haus
Vinter · Das Hirn

»Der Versuch, die Geschichte meiner ungeschriebenen Stoffe zu schreiben, zwang mich, die Geschichte einiger meiner ungeschriebenen Stoffe zu rekonstruieren. Indem ich meine alten Fabeln aufgriff, griff ich mich selber auf, allzusehr bin ich mit meinen Stoffen verwoben und in sie eingesponnen. Mein Irrtum, mein Schreiben sei dem gewachsen. Allzu leichtfertig ließ ich mich auf ein Unternehmen ein, dessen Ende nicht abzusehen war. Es ging mir wie mit dem *Turmbau zu Babel*, den ich einmal plante und begann: ich mußte ihn abbrechen, um mich von ihm zu befreien. Was blieb, sind seine Trümmer.« *Friedrich Dürrenmatt*

»Diese Autobiographie als Geschichte einer literarischen Werkstatt verliert sich nicht in klatschsüchtiger Geschwätzigkeit, in Rechtfertigungsplädoyers oder kapriziöser Anekdotensucht. Im Gegenteil.«
Frankfurter Allgemeine Zeitung

»Faszinierende Spurensicherung – zwischen Autobiographie und Dokumentation: der literarische Riese, gelassen, souverän.« *Die Zeit, Hamburg*

»Wer Dürrenmatts *Stoffe* gelesen hat, wird sich und die Welt anders sehen als vorher.«
Hessischer Rundfunk, Frankfurt

»Noch nie war Dürrenmatt so groß, so weit, so umfassend, noch nie so komisch und noch nie so gründlich wie hier. [...] Etwas, was es noch nie gegeben hat.«
Hannoversche Allgemeine Zeitung

»Dürrenmatts ›Steinbruch‹, eine Riesenfundgrube. Das aufregendste Buch seit langem: kein einziger Schritt auf dem Trampelfeld herrschenden Einverständnisses.« *Tages-Anzeiger, Zürich*

»Ein erzählerisches Labyrinth, das ein großartig böses Spiegelbild vom Pandämonium unserer Welt liefert.«
Norddeutscher Rundfunk, Hamburg

»Ein Riesenepos, das ein Jahrhundertwerk werden könnte.« *Deutsche Welle, Köln*

Urs Widmer im Diogenes Verlag

Das Paradies des Vergessens

Erzählung. Leinen

Im *Paradies des Vergessens* tummeln sich sportliche Verleger auf Fahrrädern, keuchen Autoren hinter ihnen her und verlieren ihre Manuskripte, holen brave Töchter aus gutem Haus auf und werden Politikerinnen, heiraten die einen – am Ziel – aus Liebe oder sonstigen Gründen und vergessen andere alles sofort wieder...

»Wenn viele Bücher bereits wieder vergessen sein werden, dürfte *Das Paradies des Vergessens* noch bei so manchem Leser in guter Erinnerung sein.«
Süddeutsche Zeitung, München

Der Kongreß der Paläolepidopterologen

Roman. Leinen

Die Geschichte von Gusti Schlumpf, Instruktionsoffizier der Schweizer Armee und Begründer jener Wissenschaft, die sich mit versteinerten Schmetterlingen befaßt, und seiner lebenslangen Leidenschaft zu Sally, der rosigen Kämpferin für die Freiheit.

»Ein grandios versponnener Roman, der in der farblosen Flut der Verlagsprogramme daran erinnert, wozu Literatur fähig ist... Ein romantischer Entwicklungsroman... Ein Klassiker... Eine großartige Satire... Ein abgrundtief witziges Buch.«
Süddeutsche Zeitung, München

Auf auf, ihr Hirten!
Die Kuh haut ab!

Kolumnen. Broschur

»Kolumnen sind Lektüre für Minuten, aber Urs Widmer präsentiert die Inhalte wie eine geballte Ladung Schnupftabak: Das Gehirn wird gründlich freigeblasen.« *Basler Zeitung*

Das Verschwinden der Chinesen im neuen Jahr

Prosa. detebe 21546

Ein Buch mit vielen neuen Geschichten, Liedern und Bildern zur sogenannten Wirklichkeit, voller Phantasie und Sinn für Realität, »weil es da, wo man wohnt, irgendwie nicht immer schön genug ist«.

Die gestohlene Schöpfung

Roman. detebe 21403

Modernes Märchen, Actionstory und ›realistische‹ Geschichte zugleich; und eine Geschichte schließlich, die glücklich endet.
»Widmers bisher bestes Buch.«
Frankfurter Allgemeine Zeitung

Indianersommer

Erzählung. detebe 21847

»Fünf Maler und ein Schriftsteller wohnen zusammen in einer jener Städte, die man nicht beim Namen zu nennen braucht, um sie zu kennen, und irgendwann machen sie sich alle zu den ewigen Jagdgründen auf. Ein Buch, das man als Geschenk kauft, beim Durchblättern Gefallen findet und begeistert behält. Was kann man Besseres von einem Buch sagen?«
Die Presse, Wien

Liebesnacht

Erzählung. detebe 21171

»Ein unaufdringliches Plädoyer für Gefühle in einer Welt geregelter Partnerschaften, die ihren Gefühlsanalphabetismus hinter Barrikaden von Alltagslangeweile verstecken.«
Norddeutscher Rundfunk, Hannover

Alois/Die Amsel im Regen im Garten

Zwei Erzählungen. detebe 21677

»Panzerknacker Joe und Käptn Hornblower, der Schiefe Turm von Pisa und die Tour de Suisse, Fußball-Länderspiel, Blitzschach, Postraub, Untergang der Titanic, Donald Duck und Sir Walter Raleigh – von der Western-Persiflage bis zur Werther-Parodie geht es in Urs Widmers mitreißend komischem Erstling *Alois.*« *Bayerischer Rundfunk*

Vom Fenster meines Hauses aus

Prosa. detebe 20793

»Eine Unzahl von phantastischen Einfällen, kurze Dispensationen von der Wirklichkeit, kleine Ausflüge oder, noch besser: Hüpfer aus der normierten Realität. Es ist befreiend, erleichternd, Widmer zu lesen.«
Neue Zürcher Zeitung

Das enge Land

Roman. detebe 21571

Hier ist von einem Land die Rede, das so schmal ist, daß, wer quer zu ihm geht, es leicht übersehen könnte. Weiter geht es um die großen Anstrengungen der kleinen Menschen, ein zärtliches Leben zu führen, unter einen Himmel geduckt, über den Raketen zischen könnten…

Shakespeare's Geschichten

Nacherzählt von Urs Widmer und Walter E. Richartz. Mit vielen Bildern von Kenny Meadows. detebe 20791 und 20792

»Ein Lesevergnügen eigner und einziger Art: Richartz' und Widmers Nacherzählungen sind kleine, geistvolle Meisterwerke der Facettierungskunst; man glaubt den wahren Shakespeare förmlich einzuatmen.«
Basler Zeitung

Die gelben Männer

Roman. detebe 20575

»Skurrile Einfälle und makabre Verrücktheiten, turbulent und phantastisch: Roboter entführen zwei Erdenbürger auf ihren fernen Planeten...« *Stern, Hamburg*

Schweizer Geschichten

detebe 20392

»Aberwitziges Panorama eidgenössischer Perversionen, und eine sehr poetische Liebeserklärung an eine – allerdings utopische – Schweiz.« *Zitty, Berlin*

Die Forschungsreise

Ein Abenteuerroman. detebe 20282

»Da seilt sich jemand (das Ich) im Frankfurter Westend von seinem Balkon, schleicht sich geduckt, als gelte es, ein feindliches Menschenfresser-Gebiet zu passieren, durch die City, kriecht via Kanalisation und über Hausdächer aus der Stadt... Heiter-, Makaber-, Mildverrücktes.« *Der Spiegel, Hamburg*

Das Normale und die Sehnsucht

Essays und Geschichten. detebe 20057

»Dieses sympathisch schmale, sehr konzentrierte, sehr witzige Buch ist dem ganzen Fragenkomplex zeitgenössischer Literatur und Theorie gewidmet.«
Frankfurter Allgemeine Zeitung